누구에게나 그런 날

소소한 하나가 각별해지는

누구에게나 그런 날

손수현 지음

RHK
알에이치코리아

그런 날이 있다. 주위의 공기마저 선명하게 느껴지는 날. 가슴이 벅차오를 만큼 눈부셔서, 영원히 빛이 들지 않을 것처럼 어두워서, 때론 지극히 평범한 이 순간이 감사해서이기도 했다. 각각의 이유로 남겨진 그날들을 나는 이따금씩 되새겨보고 싶었다. 하지만 그런 순간이 왔을 땐, 어렴풋이 남은 감정만이 마음 언저리를 맴돌 뿐 선명했던 그때의 공기는 더 이상 느낄 수 없었다. 기억이란 건 쉽게, 그리고 빠르게 힘을 잃어가는 것 같았다.

결국, 무뎌질 감각 대신 글에 기대어보기로 했다. 작은 기억 하나가 얼굴 한 번 본 적 없는 낯선 이와의 거리를 순식간에 좁혀주기도 했고, 지독히도 외롭던 어느 날을 말끔히 지워주기도 했으니. 그럴수록 나는 그날들을 더욱 꼭 붙들게 된다. 조금이라도 더 선명하게 종이 위에 옮겨두게 된다. 때론 그 기억이 삶의 전부인 것처럼 소중하게 다가온다.

선명해진 공기까지 생생하게 기억하고 싶은 날. 누구에게나 그런 날이 있다. 오늘은 당신에게도 나에게도, 그 기억이 이끄는 곳으로 천천히 따라가 볼 여유가 있었으면. 꼭 닮아 있는 우리의 그때를 도란도란 나눌 시간 정도는 갖고 살았으면.

2016년 10월
손수현

차례

#1

#2

#3

#1

비슷한 순간을 겪었다는 것만으로도
우리는 서로에게 뜨거운 위로가 된다.

안 부

짧은 물음 하나가 힘겨웠던 하루를
깨끗이 지워주기도 한다.
누구에게나 사소한 그 한마디가 필요하다.

"난 딱 한 잔만 마실게."

그의 한마디에 모두 같은 표정을 지었다. 퇴근길에 먹는 치킨과 생맥주를 광적으로 좋아하던 그가 뜻밖의 선언을 한 것이다. 곧바로 "튀긴 음식도 안 먹을 거야"란 말이 이어지자 너나 할 것 없이 영문을 물었다.

지난달부터 일대일 피티를 받기 시작한 게 원인이었다. 큰 키에 몸도 다부진데 뭐하러 피티를 받느냐 핀잔을 줬지만, 그는 눈 하나 깜짝하지 않았다.

그때 문자 한 통이 날아왔다. 발신자는 그의 담당 트레이너.

저녁은 먹었는지, 메뉴는 무엇이었는지 확인하는 문자였다.

"뭐야, 여자친군데?"

헬스장에서 연애까지 하는 건가 싶었지만, 기대와 달리 트레이너는 건장한 남자였다. 그가 매일 식단도 직접 짜주고, 기회가 되면 함께 대회도 나가보자고 제안했다고 했다.

"근데 갑자기 웬 피티야? 운동은 평소 자전거 타는 거로도 충분하지 않나."

새삼 독하게 관리하게 된 이유가 궁금해진 내가 물었고, 그는 복잡 미묘한 표정을 지으며 말했다.

"일찍 퇴근해도 막상 뭘 해야 할지 잘 모르겠거든."

의외의 말에 내가 어리둥절하자, 곧바로 부연설명을 해주었다.

이름만 들으면 다 아는 대기업에 입사한 그는 엄청난 업무량으로 한동안 모임에 얼굴을 비추지 못했다. 올해 신입이 들어오면서 그나마 여유가 조금 생겼지만, 그래도 평균 퇴근시간은 8시를 훌쩍 넘겼다. 그렇게 정신없이 시간을 보내고 나면 고된 하루를 모두 털어버릴 만큼 진솔한 대화를 나누고 싶었다. 하지만 막상 누구를 불러야 할지 모르겠는 때가 많아 그 허함을 운동으로 채워볼까 했던 것이다.

"어쩌 몸 관리보단 시간 때우려는 목적이 큰 것 같다."

나는 그의 표정을 요리조리 살피며 말했다.

"뭐, 아니라곤 할 수 없지. 상술이라면 상술일 수도 있겠지만, 하루 종일 내 일과를 확인해주는 사람이 있다는 게 위안이 되는가봐. 주위에선 하나둘 결혼하고, 애 낳고. 안 그래도 조바심이 나는데 여자친구는 왜 안 만드냐고 지겹도록 물어봐서 소개팅도 해봤거든. 근데 나이 들어서 만나니까 안 맞는 부분이 훨씬 더 많이 보이고, 연애를 오래 쉬어서 그런지 한 사람과 지속적으로 감정을 주고받는 게 부담스럽고 피곤하게 느껴지는 거야. 그렇다고 누군가가 나를 챙겨줬으면 하는 마음이 없어지는 건 아니더라고."

평소 무뚝뚝한 성격의 그가 속마음을 비추자 나도 모르게 숙연해졌다. 퇴근길, 이대로 하루를 마무리하긴 아쉬운데 누구를 만나야 할지 알 수 없을 때. 늦은 밤, 대문을 열었는데 깜깜한 실내가 무섭도록 공허하게 느껴질 때. 그건 나 또한 경험해본 적 있는 감정이었다.

그런 날은 연락처를 아무리 살펴봐도 만나고 싶은 사람이 없었다. 감정을 나눌 수 있는 대상이 세상 어디에도 없는 느낌이 들었다. 그 쓸쓸한 감정은 나만 느끼는 거라고 생각했는데, 그의 말을 듣고 나니 왠지 마음이 놓였다. 이 시끌시끌한 세상, 이 수많은 만남 속에서도 사람들은 외로움을 느끼는구나, 이런 감정을 나만 느끼는 게 아니구나 싶어서.

"원래 사람이 그렇잖아. 둘이면 혼자이고 싶고, 혼자이면 또 둘이고 싶고. 그 중간쯤이면 좋을 텐데. 내가 지레 겁먹은 걸 수도 있지. 이기적인 걸 수도 있고. 그래도 좋더라. 식사는 했어요? 오늘 컨디션은 어때요? 그런 질문들을 해주는 게. 묻는 대상이 여자인지 남자인지는 중요하지 않은 것 같아. 그냥 안부를 물어줄 누군가가 있었으면 하는 거니까."

우리는 환승역에서 인사를 나누며 종종 서로의 안부를 묻자고 했다. 그 짧은 물음 하나가 힘겨웠던 하루를 깨끗이 지워주기도 하고, 괜스레 무거웠던 마음을 가볍게 만들어주기도 하니까. 누구에게나 사소한 그 한마디가 필요하다. 누구에게나.

집으로 돌아오는 길, 지하철에 오른 사람들을 물끄러미 바라보았다. 두꺼운 전공 서적에서 한시도 눈을 떼지 못하는 사람, 두 귀에 이어폰을 꽂은 채 멍하니 창밖을 보고 있는 사람, 추적추적 비가 와 울적할 누군가에게도 묻고 싶었다.

"저녁은 먹었어요? 지금 기분은 어때요?"라고.

그리고 이 말도 전하고 싶었다. 지금 머릿속에 떠오른, 안부가 궁금한 그 사람에게도 꼭 이 질문을 건넸으면 한다고.

사랑의 민낯

그토록 내가 찾아 헤맨 사랑은 그 누구도 아닌
나 자신에게 솔직할 때 비로소 찾아왔다.

키가 그다지 큰 편이 아님에도 늘 단화를 고집한다. 화장은 중요한 일이 있을 때만 하고, 평소엔 선크림 정도만 바른다. 움직임이 자유로운 청바지와 티셔츠를 좋아하고, 맛집 찾아다니는 걸 인생의 낙으로 삼는다. 상대방의 태도에 따라 세상 가장 착한 사람이 되기도, 악한 사람이 되기도 하며, 좋아하는 사람 앞에선 철딱서니 없는 아이가 되어버리기도 한다. 평소의 나는 그런 사람이다.

그는 하이힐을 좋아했다. 긴 생머리에 쌍꺼풀 없는 눈을 좋아했고, 여성스러움이 물씬 풍기는 원피스를 좋아했다. 괜찮아,

괜찮아, 한결같이 다독여주는 나를 좋아했고, 어떤 일이 있어도 무던하게 웃어넘기는 나를 좋아했다.

그를 처음 만난 건, 어느 대외활동에서였다. 반년을 함께 보내게 된 스무 명의 청년들은 넘치는 에너지를 좋은 곳에 쓰기 위해 모인 사람들이었다. 유독 분위기가 좋았던 우리 팀은 활동 전부터 잦은 모임을 가졌고, 다양한 연령대로 구성되어 있음에도 금세 가까워졌다. 활동이 끝날 무렵엔 온통 눈물바다가 될 정도로 정이 들어버렸다. 그 아쉬움이 유독 컸던 우린 자연스럽게 연인이 되었다.

"넌 매사에 긍정적인 것 같아. 그게 좋아하게 된 이유이기도 하고."

둘 사이의 거리가 좁혀질수록 그는 버릇처럼 이 말을 했다. 활동 시기 내내 갖고 있던 느낌이라고 했다. 팀 내에서 비교적 나이가 많았던 나는 큰언니로서 늘 밝은 분위기를 만들어야겠다고 생각했고, 그 모습이 좋게 비친 것 같았다. 누군가를 속이거나 나를 숨기려는 의도는 아니었다. 그건 분명 내가 갖고 있는 부분 중 하나였겠지만, 언제부턴가 책임 이상의 부담으로 다가오기 시작했다. 그가 그 모습만을 보고 싶어 했기 때문이다.

연애 초반엔 그가 바라는 대로 변해가는 내가 좋았다. 달라지는 만큼 그를 사랑한다 믿었다. 종일 집에 가고 싶게 만드는 고통스러운 하이힐도, 예민한 눈가가 따끔해지는 메이크업도 마다치 않았다. 다이어트를 하면 더 예뻐질 것 같다는 말에 그날 저녁부턴 식사량을 반으로 줄였고, 친구들을 자주 만나는 게 서운하다는 말에 그와의 약속을 가장 우선시했다. 무엇보다 그를 대하는 나의 모습은 한결같았다. 매사에 밝고, 긍정적이었다. 그래야만 할 것 같았다. 그땐 그 모든 변화가 싫지 않았고, 사랑한다면 그게 당연하다고 생각했다.

하지만 시간이 지날수록 공허함이 밀려왔다. 때론 풀린 모습도 보여주고 싶고, 응석도 부리고 싶은데, 그 사람 앞에선 그게 잘 되지 않았다. 모든 행동에 앞서 '그가 실망하면 어떡하지'란 생각에 마음이 무거워졌다. 조금만 달라져도 그는 '변했어'란 말을 하기 일쑤였고, 나는 '이 모습도 나인데, 변한 게 아닌데' 하며 속으로 답답해하곤 했다. 이런 일은 갈수록 빈번해졌다.

결국 인생 최저 몸무게를 찍고 나서야 이 변화가 사랑의 증거가 아님을 깨달았다. 그를 만나기 전 예쁘게 단장하는 일이, 속상해하는 그를 말없이 다독이는 일이 힘들게 여겨지지 않았지만, 그가 정해놓은 이미지에 따라 포장하기 급급한 나를 원한 건 아니었다. 그건 진짜 내가 아니었다.

바쁜 일상에 치여 가끔 짜증을 부려도, 질투에 눈이 멀어 이따금씩 미운 말을 해도 그 모습까지도 사랑할 수 있는 게 내가 바라는 연인의 모습이었건만. 함께한 시간이 쌓여갈수록 때론 좋은 기억만큼 좋지 않은 기억도 쌓일 수 있고, 그 안에서 몰랐던 부분을 마주하게 되는 게 사랑의 과정일 텐데, 제대로 된 싸움조차 해보지 못한 우리를 떠올릴 때마다 자꾸만 고개를 젓게 되었다. 연극을 하며 살고 싶진 않았다. 그게 설사 영화 속 아름다운 여주인공이 되는 길일지라도.

그렇게 나다운 길을 택하기로 마음먹었다. 분명 그 모습을 좋아해줄 사람이 있을 거라고. 그러니 나를 있는 그대로 보여주는 걸 더 이상 겁내지 않기로 다짐했다.

그때에 비해 나는 수수해졌다. 청바지와 티셔츠를 입고, 내키가 그대로 드러나는 단화를 신는다. 예쁜 말을 하려 노력하지만 때론 미운 말도 하고, 어른스러운 척하지만 밑도 끝도 없이 생떼를 부리는 날도 있다. 이런 모습을 보며 꿀밤 때려주고 싶을 만큼 얄미운 날도 많을 것이다. 하지만 이대로도 괜찮다고, 그 모습도 보기 좋다고 말해주는 사람이 있어 걱정 없이 사랑에 빠질 수 있게 되었다.

변화하는 모습을 통해 사랑을 확인할 때도 있지만, 있는 그 대로의 모습을 보여줌으로써 사랑을 확신할 때도 있다. 그토록 내가 찾아 헤맨 사랑은 그 누구도 아닌 나 자신에게 솔직할 때 비로소 찾아왔다. 비록 서로에게 실망하는 일이 생길지라도, 행 여 서로가 몰랐던 낯선 부분을 발견할지라도 이 사랑을 함께 이어갈 수 있으리란 믿음이 생겼다. 서로의 민낯을 마주하는 것이 사랑이 변했다는 증거가 아닌, 더 깊어졌다는 증거라고 믿기에.

서 점 풍 경

그가 서성였을 코너, 그녀가 퍽 마음에 들어 했을 신간,
당신과 내가 그냥 넘기지 못하고 한참을 들여다보았을 페이지.
서점에 가면 그날의 내가 보이고, 그 언젠가의 당신이 보인다.

어떤 책을 좋아하냐는 물음에 당시 내가 푹 빠져 있던 책의 이름을 말한 사람이 있었다. 그땐 우연의 일치라고 생각하며 대수롭지 않게 넘겼는데, 이후에도 자주 쓰는 단어가 같다거나 좋아하는 문구가 겹치거나 하는 일이 더러 있었다. 사소한 부분이었지만 나는 그게 반갑고 좋았다. 같은 부분에서 웃고 우는 사람을 만난다는 건 흔한 일이 아니라고 생각했다. 그래서 인지 다가올 그의 생일, 자연스럽게 두 가지 선물이 떠올랐다. 직접 고른 책과 직접 쓴 편지. 다른 건 생각나지 않았다.

'어떤 책을 읽고 싶어 할까. 이미 갖고 있는 건 아닐까.'

퇴근 시간을 종잡을 수 없어 인터넷으로 이 책 저 책 유심히 살펴보던 나는 어떻게든 시간을 내 서점에 가기로 했다. 직접 읽어보면 마음에 툭 걸리는 책을 금세 찾을 수 있으리라. 다행히 그날은 8시 전에 모든 업무가 마무리되었다.

꽤 늦은 시간임에도 사람들은 각자의 책을 찾느라 여념이 없었다. 짐을 모두 내려놓은 채, 쉼 없이 책장을 넘기고 있는 사람, 한 줄로 가지런히 놓인 책들을 꼼꼼히 살펴보는 사람, 누구의 방해도 받고 싶지 않다는 듯 고개를 푹 숙인 사람까지. 나는 그들 틈을 지나 신간 에세이가 있는 책꽂이로 걸어갔다.

낯선 표지들을 쭉 훑어보던 중 몇몇 익숙한 문구와 마주쳤다. 저번에 그 친구가 SNS에 올렸던 책이네, 이 부분은 그때 그 친구가 사진으로 보내준 적이 있었는데. 찬찬히 들여다볼수록 각각의 책은 그 사람을 똑 닮아 있는 것 같았다. 그래, 이 책은 그 사람이 좋아할 만하다 생각하던 찰나, 중년 남자분이 같은 책을 집어 들었다. 그러곤 어딘가로 전화를 걸었다.

"딸, 저번에 말한 책이 이거 맞니? 아빠도 한번 읽어보려고 하는데."

전화기 너머로 여자아이의 목소리가 들려왔다. 구체적으로 어떤 말을 하는지 알 순 없었지만, 그녀가 말한 책이 맞는 모양이었다. 곧장 계산대로 향하는 그의 뒷모습엔 한시라도 빨리 읽어보고 싶은 마음이 담겨 있었다. 다 읽은 후, 부녀는 어떤 이야기를 나누게 될까. 멍하니 생각에 잠겨 있는 동안 맞은편으로 한 커플이 다가왔다.

"이거 봤어? 내가 저번에 말했던 거."

"아, 읽는 중이야."

"여태? 저번에도 그랬잖아."

"요즘 그럴 새가 어딨냐."

남자의 말에 여자는 입을 삐죽거렸다. 그녀가 말한 책은 나도 꽤 오래전부터 좋아해온 작가의 것이었다. 저 책을 추천해준 여자라면 정도 많고, 눈물도 많은 사람이 아닐까 상상했다. 어쩌면 나와 같은 부분에서 가슴 뭉클해 하지 않았을까도 싶었다. 고작 책 한 권으로 처음 보는 그녀가 갑자기 친근하게 느껴졌다. 그녀는 이미 갖고 있을 그 책을 또 한 번 들여다보다 자리를 떠났다.

그렇게 한참 에세이 코너에 머물던 나는 얼마 전 다시 읽기 시작한 책과 친구가 여러 번 추천한 책을 사기로 했다. 수십 개의 문장들을 살펴보며 꼭 맞는 선물을 고르는 동안, 그가 어떤 사람이었는지 돌아보게 되었다. 누군가에게 책을 선물할 때면 매번 그랬던 것 같다. 어떤 책을 좋아할까, 떠올리다 보면 더 오래, 더 자세히 그 사람에 대해 생각하게 됐다. 그리고 책의 첫 장에 적어둘 메모를 볼 때마다 나를 한 번쯤 떠올려봤으면 했다.

나는 계산대 앞에서 순서를 기다리는 동안, 그에게 어떤 메모를 쓰면 좋을지 머릿속 문장을 다듬고 또 다듬었다.

그날 잊고 있던 많은 이들의 얼굴이 떠올랐다. 그가 서성였을 코너, 그녀가 퍽 마음에 들어 했을 신간, 당신과 내가 그냥 넘기지 못하고 한참을 들여다보았을 페이지. 서점에 가면 그날의 내가 보이고, 그 언젠가의 당신이 보인다.

공짜 짜장면

오늘도 유심히 주변을 둘러본다.

가게 안 어딘가에서 힘겨운 하루를 보내고 있을

누군가를 마주치길 바라는 마음으로.

종이 울리기가 무섭게 학교를 빠져나왔다. 운동장엔 체육복을 입은 학생들이 반듯하게 줄을 맞춰 서 있었다. 수업이 한창인 시간에 가방을 멘 아이가 지나가니 무슨 일인가 싶어 다들 힐끔힐끔 쳐다봤다. 그럴수록 나는 속도를 높여 걸었다.

도로에 접어들자마자 익숙한 버스에 몸을 실었다. 안도감 때문인지 종일 참고 있던 눈물이 터져 나왔다. 맨 앞자리에 앉길 잘했다고 생각하며 고개를 숙였다. 어디에 도착하든 아무래도 상관없을 것 같았다.

10여 년 전, 나는 쉽지 않은 나날을 보내고 있었다. 예상했던 것보다 모의고사 점수가 나오지 않았고, 담임선생님은 그런 나를 다독이기보단 나무라기 바빴다. 오후가 되자 머리가 아파 앉아 있을 수 없을 지경에 이르렀다. 가까스로 조퇴를 한 나는 집으로 가는 버스에 올랐다. 종일 참고 있던 눈물이 터져 나왔다. 그러는 사이 내려야 할 정류장을 지나치고 말았다. 승객은 봉지 가득 장을 본 아주머니와 나, 둘뿐이었다. 우리를 태운 버스는 쉬지 않고 몸을 움직였다. 이대로 있다가는 종점까지 가겠다 싶어 무작정 하차벨을 눌렀다. 내가 내린 곳은 코엑스 입구였다.

매끄럽게 닦인 대리석 바닥에 시선을 고정한 채 무작정 걷기 시작했다. 얼마 지나지 않아 슬슬 허기가 졌다. 이 와중에 배가 고프다니 못났다는 생각이 들면서도 밥까지 먹지 않으면 스스로가 너무 처량할 것 같아 가장 먼저 눈에 들어온 가게로 발길을 옮겼다.

오후 3시. 한 노부부만이 늦은 점심 식사를 하고 있었다. 모든 테이블은 깔끔하게 정돈된 상태였고, 지문 하나 묻지 않은 유리컵은 일정한 간격으로 정갈하게 놓여 있었다.

나는 햇볕이 가장 잘 드는 창가 자리에 앉아 메뉴판을 펼쳤다. 메뉴를 훑자마자 꾹꾹 눌러두었던 서러움이 또다시 밀려왔다. 가장 위에 적힌 짜장면조차 주문할 수 없을 정도로 고급 레스토랑이었던 것이다. 안 좋은 일은 한꺼번에 몰려온다더니. 나는 서둘러 가방을 챙겨 가게를 빠져나왔다.

터벅터벅 5분쯤 걸었을까. "학생, 학생." 누군가가 큰 소리로 부르는 소리가 들렸다. 내게 메뉴판을 건네주었던 종업원이었다. 다른 음식이 먹고 싶어 나온 거라고 둘러댔지만, 가게로 함께 가달라는 말만 반복했다. 나는 꾸역꾸역 뒤를 따라 걸을 수밖에 없었다.

가게에 들어서자, 잠시 눈이 마주쳤던 노부부가 나를 향해 웃어 보이며, 옆자리에 앉으라고 손짓했다. 그러곤 이 모든 상황을 차분히 설명해주기 시작했다.

"학생, 내가 딱 학생 나이 때 배가 고파 식당에 들어간 적이 있었어. 메뉴판을 살펴봤는데, 먹고 싶은 음식을 주문하기엔 딱 이천 원이 모자랐지. 어쩌겠어. 그냥 나와야지. 그렇게 터덜터덜 기운이 다 빠진 채로 가게를 나서려는데, 옆에 앉은 아저씨가 이리 와보라며 나를 부르시더니 먹고 싶은 거 다 먹으라면서 다시 메뉴판을 건네주시는 거야. 아저씨도 어렸을 적에 이런 경험이 있었다면서. 학생, 학생이 아까 그냥 나가는 모습을 보면서 드디어 갚을 기회를 주시는구나 생각했어. 자, 어서 주문해. 불편하지 않다면 같이 맛있게 먹어줬으면 좋겠네."

할아버지의 이야기에 간신히 멈췄던 눈물이 다시 쏟아지려 했다. 두 분은 그런 내 어깨를 가만히 다독여주었다. 낯선 이에게 이토록 뜨거운 위로를 받을 수 있다는 사실이 믿기지 않았다.

우리는 따스한 햇볕을 받으며 여유롭게 식사를 했다. 그날 먹은 짜장면 맛은 평생 잊을 수 없을 것 같았다.

이젠 그 자리에 다른 가게가 생겼지만, 삼성동을 지나칠 때면 그 기억에 가슴이 뭉클해지곤 한다. 그날, 그대로 무너져버렸다면 어떻게 되었을까. 다시 기운을 내봐야겠다, 생각하지 못했다면 지금 나의 모습은 어떻게 달라졌을까. 그 생각으로 오늘도 유심히 주변을 둘러본다. 가게 안 어딘가에서 힘겨운 하루를 보내고 있을 누군가를 마주치길 바라는 마음으로. 누구에게도 받을 수 없었던 뜨거운 위로를 생면부지의 두 사람에게 받았듯 세상 가장 맛있는 짜장면을 대접하고 싶다. 나도 이런 경험을 한 적이 있다고. 내게 갚을 기회를 줘서 고맙다고. 언젠가는 이 말을 전할 날이 오길 바란다.

이 상 한 말

말하지 않아도 알아주길 바라는 게 욕심이란 걸 잘 안다.

그래도 한 번쯤은 "진짜 괜찮아?"라고 되물어주길 바라게 된다.

출근길엔 늘 같은 버스를 타지만, 퇴근길은 그때그때 기분에 따라 다른 방법을 택한다. 어제는 지하철을 타고 돌아오는 중이었다. 여덟 시가 조금 넘은 때라 그리 붐비지는 않았다. 내 옆자리엔 엄마와 남자아이 둘이 나란히 앉아 있었다. 아직 학교에 들어가지 않았을 꼬마들은 연년생이거나 두 살 터울로 보였다.

세 정거장쯤 지나자, 내내 휴대폰만 들여다보던 엄마가 가방에서 과자 한 봉지를 꺼냈다. 그러자 오른쪽 아이가 칭얼거리기 시작했다. 아이고, 두 아들 키우느라 힘드시겠다, 생각하는데 그 와중에 눈을 뗄 수 없는 모습이 있었다. 응석 부리는 아이와 달리 반대편에 앉은 아이는 아무 말 없이 묵묵히 기다리고

만 있었다.

"어허, 형처럼 얌전히 기다려야 줄 거예요."

엄마가 무서운 표정으로 이야기했지만, 아이는 막무가내였다. 칭얼거림은 점차 울음으로 바뀌었고, 사람들은 따가운 시선을 보냈다. 엄마는 한숨을 푹 쉬며 어쩔 수 없다는 듯 과자 봉지를 뜯었다. 그러곤 묵묵히 기다리고 있는 형을 등진 채 동생의 입에 과자를 물려주었다.

그 순간 보고 말았다. 얌전히 기다리던 아이의 표정을. 기대했던 것과 다른 결과가 돌아왔을 때, 아마도 나는 저 아이와 같은 표정을 지었으리란 생각이 들었다. 아이는 어릴 적 내 모습을 빼닮아 있었다.

"넌 괜찮잖아. 그치?"

어렸을 적부터 이 말을 자주 들어왔다. 철이 일찍 들어서라기보단 그저 짐이 된다는 사실이 불편하고 싫어 어떤 일이든 혼자 해결해보려 애썼다. "괜찮지?"라는 물음에 적어도 누군가에게 걱정 끼치며 살고 있진 않구나, 안도했고, 누구에게든 안심이 되는 사람이고 싶었다.

그러던 어느 날이었다. 한창 예민했을 사춘기 시절, 반에서 가깝게 지낸 친구로 인해 또 다른 친구와의 사이가 서먹해진 일이 있었다. 중간에서 잘못 전한 말이 원인이었다. 그 친구가 어떤 이유로 이런 일을 벌였는지 알 수 없었다. 내게 서운한 게 있었던 걸까, 머릿속이 복잡했다. 생각보다 크게 번진 이 일로 인해 나는 담임선생님의 호출까지 받게 되었다.

"이유야 어찌 됐든 걔 요즘 수업도 제대로 안 듣고, 밥도 잘 못 먹는 거 너도 알고 있잖니. 먼저 풀어보는 게 어때? 넌 괜찮잖아. 그치?"

그때 처음 느꼈다. 어째서 나는 괜찮을 거라고 생각하는 걸까. 나는 왜 마음 다칠 때조차 괜찮아야 하는 걸까. 걱정시키고 싶지 않아 입을 꾹 다물었던 게 문제인 건지, 참아온 모든 것들이 후회스러웠다. 그런 마음이 들자, 나는 처음으로 이런 말을 뱉었다.

"저 하나도 안 괜찮아요. 아마 앞으로도 그럴 거예요."

내 말에 선생님은 당황스러워했다. 갑자기 왜 이러느냐 눈빛이었다. 넌 항상 괜찮았잖아. 새삼스레 왜 이래. 표정만으로도 그 마음이 느껴졌다.

이런 일은 매해 한 번씩 나를 찾아왔다. 괜찮냐는 물음 대신 괜찮아서 다행이라는, 이미 결론지어진 말이 돌아올 때가 많았다. 그래서 아프다는 말조차 꺼낼 수 없는 순간이 많았다. 아이의 표정과 마주한 순간, 그때의 기억들이 순식간에 떠올랐다. 그러는 동안 지하철은 내려야 할 역에 가까워지고 있었다. 울던 아이는 언제 그랬냐는 듯 웃으며 과자를 베어 먹고 있었고, 다른 아이는 두 번째 과자 봉지를 뜯을 때까지 잠자코 기다리고 있었다. 엄마가 부디 아이의 마음을 알아채 줬으면 하는 심정이었지만, 행여나 다시 울음을 터뜨릴까 다른 아이에게서 눈을 떼지 못했다. 순간적으로 보게 된 표정이 자꾸만 눈앞에 아른거렸다. 괜찮아 보이지 않았지만, 아이는 괜찮아야만 했을 것이다.

지하철역을 빠져나와 집을 향해 걸었다. 한 걸음 한 걸음 내디딜수록 꾹꾹 눌러두었던 생각들이 몰려왔다.

아픈 감정을 그대로 드러냈을 때, 그 순간은 후련할지 몰라도 잠자리에 누우면 민망하고 미안한 감정이 들어 오래도록 잠을 이루지 못했다. 괜찮다고, 걱정하지 않아도 된다고, 감정을 숨긴 날은 혼자 아픔을 짊어져야 했지만, 적어도 다른 이에게 짐이 되지 않았다는 생각에 안도할 수 있었다. 그저 그런 마음이었던 것뿐인데. 언제부턴가 나는 늘 괜찮을 거라고, 그러니 나는 조금 더 아파도 될 거라고 여기는 것 같아 서운한 감정이 일었다. '넌 괜찮잖아. 알아서 잘하잖아'라는 말은 내게 고맙고도 서운한 이상한 말이었다.

　나는 여전히 괜찮지 않아도 괜찮아 보이려 노력하지만, 이따 금씩 그게 힘들게 느껴진다. 말하지 않아도 알아주길 바라는 게 욕심이란 것도 잘 안다. 그래도 한 번쯤은 "진짜 괜찮아?"라 고 되물어주길 바라게 된다. 내겐 어려운 일이다. 괜찮지 않을 때, 괜찮지 않다고 솔직하게 말하는 것이.

사 랑 의 증 거

왜 그와의 문제를 다른 곳에서 풀어보려 했을까.

여기 이렇게 확실한 답이 있는데

왜 자꾸 다른 곳에서 확인받으려고 했을까.

우리 동네로 이사 온 그는 뜬금없이 근처에 맛있는 떡볶이집이 있냐고 문자를 보내왔다. 나는 초등학교, 중학교, 고등학교를 모조리 이 동네에서 나온 터라 오래된 맛집을 술술 꿰고 있었다. "그럼요, 한 번 모시고 갈까요?"라고 부담 없이 건넨 말이 지금의 우리를 만들었다. 인연이란 게 참 신기하다. 그 잠깐의 순간이 이토록 오랜 인연으로 이어질 줄 누가 알았을까. 그도 나도 꿈에도 몰랐다.

내가 처음으로 안내한 곳은 이수역 골목에 있는 자그마한 떡볶이집이었다. 고등학생들이 바글바글 모여 있는 그곳에서 달

달한 떡볶이와 참치김밥을 사이좋게 나눠 먹고, 사당역까지 함께 걸었다. 무슨 얘기를 했는지 기억나진 않지만, 다음 대화 주제에 대한 고민은 하지 않았던 것 같다. 끊김 없이 대화가 오래도록 오고 갔다.

사당역에 도착한 우린 서점에서 한가로이 시간을 보냈다. 그는 인문학 코너에, 나는 수필 코너에 한참을 서 있었다. 단둘이 만나는 건 그때가 두 번째였음에도 오랜 친구처럼 편안했다. 각자 떨어져 책을 보는 동안 서로가 퍽 신경 쓰였을 법도 한데, 한두 시간쯤 지났을 무렵 자연스럽게 계산대 앞에서 만나 어떤 책을 봤는지, 어떤 책을 구입할 건지 물었다.

"읽어보고 어땠는지 얘기해줘."

이 말이 다음 만남의 약속이 되었다.

그렇게 둘이 보내는 시간이 많아지면서 아침에 눈을 떴을 때, 그의 문자가 남겨져 있지 않으면 허전한 사이가 되었다. 하루의 스케줄을 알고 있는 게 당연했고, 종일 시답지 않은 농담을 주고받았다. 웃으며 어깨를 툭 치기도 하고, 귀엽다며 머리를 쓰다듬기도 했다. 그때 스쳤던 손이 까칠했던 게 기억에 남아 다음에 그를 만나러 가는 길, 자연스레 핸드크림을 샀다. 그때 깨달았던 것 같다. '아, 나 이 사람 좋아하나 보다'라고.

그런데 그 생각이 들기 시작한 후부터 마음이 불안해졌다. "사귀자고 말했어?"라는 친구의 질문이 문제였다. "아니"라고 대답하자 친구는 눈을 동그랗게 뜨며 난색 했다.

"그냥 썸 타다 말려는 속셈 아냐? 이번에 손도 잡았다면서. 근데 별말이 없었다고? 좋아한다, 만나고 싶다, 그런 말도 전혀 없었던 거야? 너도 얘기해본 적 없고?"

펄펄 뛰며 온갖 질문을 쏟아내 정신이 없었다. 그가 그런 말을 했던가. 기억을 더듬어봤지만, 없는 것 같았다. 맹한 표정으로 "잘 모르겠는데"라고 대답하자, 이런 순진한 애가 있냐며 답답하단 표정을 지었다. 근심이 가득해진 친구를 보며 전에 없던 불안함을 느꼈다. 중요한 무언가를 놓치고 있는 건 아닌지, 사소한 일에도 감정이 오르락내리락했다.

"우리, 뭐야?"

그렇게 복잡한 심경이 정리되지 않은 채 우리 앞에 툭 튀어나왔을 때, 그가 지었던 표정을 생생히 기억한다. 그 표정을 확인하고 나서야 나는 안심했다.

"뭐긴 뭐야. 그걸 말이라고 해. 무슨 바보 같은 소리야."

그는 내 말에 웃었지만, 나는 안절부절못한 게 억울해 웃지 못했다. 하지만 "고민하던 게 그거였어?"라며 싱글싱글 웃는 얼굴을 들여다보고 있자니 문득 그런 생각이 들었다. 왜 그와의 문제를 다른 곳에서 풀어보려 했을까. 여기 이렇게 확실한 답이 있는데 왜 자꾸 다른 곳에서 확인받으려고 했을까. 불안해진 나는 연애 경험이 화려한 친구들을 찾아 상황을 털어놓곤 그들의 이야기에 잔뜩 귀를 기울이고 있었다. 무엇보다 확실한 그의 눈빛이 아닌 다른 이들의 말에 이리저리 흔들리고 있었다.

이후에도 남자는 이래, 여자는 이래, 라는 말들이 평온한 마음에 수시로 돌을 던졌다. 관심이 있다면 이만큼의 연락은 기본이고, 이 정도의 표현은 당연한 거라고. 누가 정한지 모를 애매한 기준을 마주할 때면 필요 이상으로 피로해졌다. 문제가 생길 경우 다양한 조언을 구할 순 있어도, 그게 완벽한 답이 될 순 없었다. 결국 그를 보는 건 나고, 그를 만나는 것도 나였으니.

나의 위로

세상이 내게 친절하지 않다 여겨지는 날일지라도
내가 나에게 친절하면 되는 거지,
그렇게 훌훌 털어버릴 수 있도록.

신기한 일이었다. 어찌 보면 단순한 일 같았다. 종일 오르락 내리락했던 기분이 고작 분위기 하나로 쉽게 풀려버리다니.

따끈한 차 한 잔에 달콤한 쿠키 한 조각. 한적한 골목 사이에 있는 어느 아늑한 카페에서 뜻밖의 위로를 받았다. 그 안을 채우고 있던 의외의 것들이 누구도 달래지 못한 감정을 금세 낫게 했다. 나는 오늘 또 한 가지를 찾아냈다. 스스로를 달래는 방법을.

어렸을 적 나는 사람을 통해 위로받는 방법밖에 알지 못했다. 때때로 내 편이 되어주지 않는 세상에 상처받지 않고 살아가기 위해선 '괜찮아', '잘될 거야'라는 말이 반드시 필요했고, 그 말을 들어야만 모든 게 잘 흘러갈 것 같았다. 하지만 뜨거운 위로를 받게 되는 만큼 반대의 영향도 컸다. 늘 좋은 말만 오갈 순 없는 관계 속에서 상처가 덧나는 일마저 생겼다. 그런 경험들이 생기고 나니 누군가의 한마디가 필요 이상으로 신경 쓰였다. 가슴을 베는 날카로운 말이 종일 머릿속을 떠나주지 않아 괴로운 날도 있었다.

그 무렵, 엄마는 내게 이런 말을 해주었다.

"어떻게 상대의 감정을 똑같이 느낄 수 있겠니. 너 또한 누군가를 완전히 이해하긴 어렵잖아. 때론 당사자가 되어보지 않는 이상 공감하기 힘든 일도 있지. 좋지 않은 감정을 빨리 털어버릴 수 있는 다른 일을 찾아보는 건 어때? 혼자서 할 수 있는 것들로 말이야. 결국 너를 가장 잘 아는 건 너니까."

혼자서 할 수 있는 일? 그런 게 있었던가. 감정이 오르락내리락할 때면 다독여줄 대상부터 찾던 내가 그런 걸 할 수 있을까. 하지만 그 방법을 고민해보는 것만으로 일상은 조금씩 달라지기 시작했다.

대화하는 시간보다 생각하는 시간이 많아졌고, 말수가 줄어든 만큼 글을 쓰는 일이 많아졌다. 어떤 주제가 좋을까 생각하다 보면 마음을 어지럽게 만들었던 모든 것들이 차츰 고요해졌다. 좋은 기억들을 꺼내 한 글자 한 글자 적어 내려가다 보면 몽글몽글했던 그때 그 기분으로 되돌아갈 수 있었다. 집에서만 떠오르던 생각들도 언제부턴가 버스에서 불쑥, 지하철에서도 불쑥 생각나기 시작했다. 그럴 때면 가까운 카페에 들어가 당장 글을 쓰고 싶었다.

그런 일이 잦아지자 나는 그해 생일, 처음으로 큰돈을 들여 날 위한 선물을 샀다. 어딜 가든 부담 없이 들고 다닐 수 있는 가벼운 노트북이었다. 한동안은 그 노트북과 꼭 붙어 살았다. 매일같이 키보드를 두드렸다. 어디서든 감정을 정리하고, 생각하고, 글을 쓸 수 있을 때까지.

지금 갖고 있는 좋지 않은 감정을 한시라도 빨리 털어버리고 싶을 때, 이제 누군가를 만나기보단 혼자만의 시간을 갖는다. 퇴근길, 가장 좋아하는 디저트를 하나 포장해온 후, 뜨끈한 물로 샤워를 하고 폭신폭신한 침대에 엎드려 감정을 정리한다. 세상이 내게 친절하지 않다 여겨지는 날일지라도 내가 나에게 친절하면 되는 거지, 그렇게 훌훌 털어버릴 수 있도록.

지금 이 순간도 얽히고설켜 있던 복잡한 감정들이 차분히 정

리되고 있음을 느낀다. 다른 누군가가 채워줄 수 없는 나만의

방법, 글을 쓰는 것으로.

연남동 부산 남자

인생 별거 없는 거 같다.

좋아하는 사람 만나고 좋아하는 일 하고.

그게 전부 아이겠나.

한 모임에서 알게 된 그는 만드는 것이라면 무엇이든 좋아했다. 전공인 건축은 물론, 디자인, 작사와 작곡, 심지어 요리까지도 잘했다. 그중엔 나와 닮은 구석도 많아 막힘없이 대화가 통했는데, 유일하게 한 부분만은 달랐다. 새로운 일을 시작하는데 겁이 없다는 점이었다. 가만 보면 잃을 게 참 많은 사람인데, 그래서 조금은 겁낼 법도 한데, 마치 아무것도 잃을 게 없는 사람처럼 과감하게 뛰어들었다. 시작도 전에 온갖 걱정을 끌어안는 나에겐 연구 대상이자 신선한 자극제일 수밖에 없었다.

그래서인지 그를 만나고 돌아오는 길엔 항상 어떤 다짐을 하곤 했다. 저만치 미뤄두었던 두려운 일도 그날만큼은 용기 있게 마주할 수 있었다.

"오빠는 겁이 없어서 좋겠다."

한 번은 그에게 가진 부러운 마음을 그대로 털어놓은 적이
있었다. 빈 잔에 술을 채우던 그는 나의 뜬금없는 말에 당황하
는가 싶더니 이내 피식 웃으며 대답했다.

"세상에 겁 없는 사람이 어딨노. 바보가?"

"요리하고 싶다더니 수십 가지 신메뉴를 턱턱 만들어내고,
푸드트럭 한번 내볼까 하더니 뚝딱뚝딱 인테리어 완성하고, 내
이름 건 가게를 내봐야지 하더니 진짜 사장님이 됐잖아. 이게
다 겁이 없어서 할 수 있는 일이지. 아님 뭐야."

광고회사에서 아트디렉터로 일하다 하루라도 빨리 내 일을
하고 싶어 푸드트럭을 차린 그였다. 함께 밤을 새워 작업할 때
면 종종 팀원들을 위한 요리를 해주던 그였기에 '시기가 조금
당겨졌구나' 생각했을 뿐, 그리 놀라진 않았다. 다만 그가 선보
일 음식들이 궁금했다. 메뉴로 정해진 것들은 한결같이 훌륭했
다. 애정이 듬뿍 담긴 음식이 별로일 리 없었다. 그중엔 생전 처
음 맛보는 독특한 것들도 많았는데, 어딜 가나 재료 간의 새로
운 조합을 고민한 결과였다. 그 음식들은 에메랄드빛 푸드트럭

에서 수많은 사람들의 추억과 함께했고, 예약 없이는 바로 맛보기 어려울 정도로 큰 인기를 누렸다.

"오늘 연남동 가가 계약하고 왔다."

그렇게 6개월이 지날 무렵, 전화기 너머로 반가운 소식이 들려왔다. 그의 말에 내가 울컥하고 말았다. 짧은 시간 안에 이토록 많은 일을 해낸 그가 놀라울 따름이었다. 그래서 잘 몰랐다. 말만 하면 모두 이루어진다고 생각했던 일들 사이에 내가 보지 못한 것이 있을 줄은.

"인마, 내라고 왜 안 무서웠겠노. 오픈 첫날 연남동 거리 한복판에 혼자 우두커니 서 있는데 지금 여서 뭐하고 있는가 싶드라. 관심 가져주는 사람 하나 없고 심지어 눈길도 안 주고. 이대로 폭삭 망해뿌는 거 아이가 싶어서 얼마나 무서웠는지, 딴 사람들은 절대 모를 끼다. 그 상황을 직접 겪어본 내만 알지. 과정 하나만 놓고 보면 겁나지 않은 순간이 없다. 그저 그때그때에 집중하고 즐기려 노력하는 거뿐이지. 지나가는 사람 붙들고 물어봐라. 뭔가 이뤄본 적 있는 사람이라면 분명 겁나는 순간도 겪었을 끼다. 남들에겐 과정보다 결과가 더 눈에 들어와서 그런 기지."

생각지 못한 대답이었다. 올해 여름을 그의 푸드트럭에서 보냈다고 해도 과언이 아닐 만큼 자주 찾은 나인데, 그의 얼굴에서 두려움이라곤 찾아볼 수 없었다. 열고 싶을 때 열고 닫고 싶을 때 닫는 이 일이, 상사 눈치 볼 필요 없이 마음대로 미래를 그려나갈 수 있는 저 삶이 그저 즐겁기만 한 것이라 생각했다.

그동안 내가 가지고 있던 생각들을 잠자코 듣고 있던 그는 여전히 매일 아침 눈을 뜰 때마다 두려움이 앞선다고 했다. 내 일도 이 가게를 무사히 유지해나갈 수 있을지 염려스럽다고도 했다. 하지만 그 걱정도 잠시, 요리를 만드는 데 흠뻑 몰두해버릴 때면 이 일을 즐기고 있는 게 온몸으로 느껴져 금세 행복해진다고 했다.

"겁내지 마라. 나도 그리 오래 살아본 건 아니지만, 인생 별거 없는 거 같다. 좋아하는 사람 만나고 좋아하는 일 하고 그게 전부 아이겠나. 서울로 대학 오기 전부터 혼자 이것저것 해보면서 실패도 참 마이 했는데, 생각보다 잃을 기 별로 없드라. 못해본 게 한이 되지 실패한 게 한이 되지는 않는 거 같다."

나는 아무 말 없이 고개를 끄덕였고, 그는 굵직한 목소리로 다시 한 번 말했다.

"그러니까 겁 내지 말라고, 이 가시나야."

"알았다고, 이 자슥아."

나는 웃으며 대답했다.

그날 밤, 연남동 거리는 눈부시도록 아름다웠다. 다음 달이면 그의 가게도 이곳 어딘가에서 불을 밝히고 있을 것이다. 그 어떤 가게보다도 따스한 빛을.

잠시 멈춤

마음이 똑똑 말을 걸어올 땐.

그 시기에 필요한 무언가가 있다는 자그마한 신호였다.

3학년 2학기가 끝나갈 무렵, 평범하게 흘러가던 날들이 새삼 이질적으로 다가왔다. '이렇게 무난하게 수업을 듣고 무난하게 학점을 받고 무난하게 졸업을 하겠지'라는 생각이 더 이상 안정적으로 느껴지지 않았다. 모든 것이 불안했다. 한 번도 벗어난 적 없는 이 학교라는 울타리를 한 번쯤 넘어봐야 하지 않을까. 아직 경험해보지 못한 것들이 너무 많은데. 그러자 예측할 수 없는 날들이 궁금해졌다. 그 안에서 새로운 답을 찾을 수 있을 것도 같았다.

"누군들 안 그렇겠니. 근데 우리한텐 이뤄야 하는 것들이 있잖아. 스물넷 전엔 졸업, 서른 전엔 결혼. 그래야 안정적이란 소리 듣는 세상에 그때그때 주어진 단계를 밟아가기에도 숨 가쁘지. 계획이 있어도 불안한데, 아직 휴학하고 뭐할지 아무것도 정해진 게 없다며."

휴학계를 제출하러 간 날, 재차 아무런 계획이 없다고 이야기했지만, 모두 미심쩍은 표정을 지었다. 이상했다. 정말로 아무 계획이 없는데.

그날도 학교 도서관은 인턴, 어학시험, 연수 준비를 하는 학생들로 넘쳐났다. 두툼한 책을 쉴 새 없이 들여다보고 있는 그들 틈에서 다른 길을 택한다는 게 불안하지 않았다면 거짓말이지만, '일단 저지르고 보자'는 마음으로 홀가분하게 캠퍼스를 벗어났다. 학교가 멀어질수록 나를 괴롭히던 고민들도 서서히 사라지는 것 같았다.

자, 이미 물은 엎질러졌고, 어떤 것부터 해보면 좋을까. 집으로 돌아와 인터넷 사이트와 각종 매거진을 훑어봤다. 당분간 과제나 학점 걱정은 저만치 미뤄둬도 괜찮다는 사실만으로도 마음이 가벼워졌다. 평가받지 않아도 되는 삶. 생전 처음 겪어보는 삶 같았다. 그날 내가 처음으로 보게 된 것은 어느 작가의 문학교실이었다. 다른 것 필요 없이 '문학교실에 함께 하고 싶

은 이유'를 적어 내면 되는 거였다. 솔직하게 쓴 A4 두 장 분량
의 지원서로 인해 생각보다 빨리 다음 일정이 정해지게 되었다.

"자, 막내부터 소개해볼까요?"

왕복 4시간이 훌쩍 넘는 거리를 물어물어 찾아간 곳엔 10명
정도 되는 사람들이 옹기종기 모여 있었다. 현대식 한옥 건물
이 연상되는 교육 장소에는 푹신한 방석들이 띄엄띄엄 놓여 있
었다. 정해진 시간보다 일찍 도착한 사람들은 시원한 나무 바
닥에 앉아 인사를 나누고 있었다. 학교에서 화석이라 불리는
내가 가장 어린 나이였다. 30대, 40대, 50대까지 선생님, 우체
부, 통역사, 은행원, 직업도 모두 달랐지만 한 가지만은 같았다.
누군가가 시키지 않아도 매일 글을 쓴다는 점이었다.

"안녕하세요. 반장님이 소개해주신 대로 가장 나이가 어리고
요. 대학에서 디자인을 전공하고 있어요. 서울에서 태어나 쭉
살고 있습니다."

내가 봐도 참 시시하고 재미없는 인사말이었다. 당시 나에
대해 이야기할 만한 게 나이와 학교, 전공 말고는 떠오르지 않
았다. 나의 짧막한 소개가 끝나자 가장 멀리 앉아 있던 남자분
이 손을 들었다.

"만나서 반가워요. 실례가 되지 않는다면 어떤 음식을 좋아

하는지, 어떤 책을 주로 읽는지, 또 어떤 걸 했을 때 가장 큰 행복을 느끼는지에 대해서도 말해줄 수 있나요? 저는 그런 것들이 더 궁금하네요."

질문을 되받아본 건 처음 있는 일이라 당황스러웠지만, 이내 편안한 분위기에서 다시 말을 이어갔다. 뒤이어 다른 사람들도 소개를 했다. 그 시간은 각자를 알리는 동시에 스스로에 대해 알게 된 시간이기도 했다.

각자의 소개가 끝나자, 첫 과제가 주어졌다. '주위에 있는 사물들을 의인화해보는 것'이었다. 길을 걷다 마주친 풀잎과 새파란 하늘, 매일같이 손에서 놓지 않는 휴대폰까지. 세상에 존재하는 모든 것을 의인화해보는 연습을 했다. 그 과정을 반복할수록 내 시야는 조금씩 넓어졌다. 학교라는 울타리에만 갇혀 지낸 평범한 대학생이 세상을 향해 눈을 돌리기 시작했다. 저 버스 정류장에 앉아 있는 사람은 무슨 생각을 하고 있을까. 손을 꼭 잡고 걷는 저 연인은 어떤 대화를 나누고 있을까. 눈여겨보지 않던 것들이 보이기 시작했고, 골똘히 생각에 잠기는 시간이 많아졌다. 지금껏 알던 세상과는 사뭇 다른 느낌이었다.

나는 첫 과제가 끝난 후에도 꾸준히 그 답을 적어 내려갔다. 복학 후, 정신없이 학교생활을 할 때에도, 특히 글을 쓰는 일에 대한 확신이 흔들리는 날이면 더욱더 열심히 수행했다.

"문학교실? 꽤 오래 했네요. 교육 과정이 어떻게 되나요?"

그로부터 1년 후, 한 면접에서 이 경험을 두고 구체적인 내용에 대해 물은 적이 있다. 스펙 한 줄을 위해 지원한 곳이었다면 그 안에서 어떤 성과를 냈으며, 그게 앞으로 맡게 될 직군에 어떤 도움이 될지 암기한 듯 줄줄이 이야기했을 테지만, 그 경험은 달랐다. 문항별로 말끔히 정리된 증명서는 없었지만, 몇 페이지고 내 생각과 감정을 적어 내려갈 수 있는 긴 이야기를 얻었다. 그건 또다시 새로운 환경에 던져졌을 때, 내가 무엇을 좋아하고, 무엇을 잘할 수 있는지 알려주는, 삶 전체에 대한 스펙이 되어주었다.

휴학을 결심했던 그해처럼, 무난한 삶이 갑자기 막막하게 다가오는 날이 불시에 찾아올 거란 예감이 든다. 하지만 더 이상 걱정이 앞서지 않는다. 다만 내게 주어질 한 단계, 한 단계를 내 속도에 맞춰 온전히 느끼고 싶을 뿐이다.

마음이 똑똑 말을 걸어올 땐, 그 시기에 필요한 무언가가 있다는 자그마한 신호였다. 당장 구체적인 앞날이 그려지지 않더라도 그땐 잠시 멈추고 생각해볼 만한 가치가 있다.

네 잘못이 아니야

그 힘겨운 시기에 정말 필요한 건
실망이 아닌 얼른 발견해주길 기다리는
'또 다른 가능성'일 것이다.

"최종적으로 저 친구를 선발하기로 했습니다."

이 한마디에 나의 시간은 우뚝 멈춰버렸다. 믿고 싶지 않은 결과였다. 솔직히 털어놓자면 내가 될 거라 생각했다. 결코 자만에 차 있던 건 아니다. 그 정도로 모든 걸 쏟아부은, 스스로에게 부끄럽지 않은 시간을 보냈기 때문이다. 밤낮없이 주어진 일에 최선을 다했다고 자부했는데. 모든 걸 다 미루고 그것만 바라보며 달려도 좋을 첫 꿈을 심어준 회사였는데. 여기까지 올라오는 데만 수십, 수백 번 마음 졸였건만. 단 한 명만 채용 기회를 얻을 수 있었던 그때, 나는 최종적으로 선발되지 못했다.

지난 시간들이 아쉬워 순간적으로 목구멍이 턱 막히는 것 같
았다. 다른 직군에서 최종 선발된 절친한 오빠는 아무 말 없이
내 어깨를 다독였다. 나와 가장 많은 시간을 보낸 그는 누구보
다도 내 심정을 잘 알고 있는 듯했다. 어떤 부분에서 점수를 받
지 못한 걸까. 분명 좋은 평가를 받았었는데. 뭔가 잘못된 게 있
었나. 머릿속이 복잡했다. 지금껏 잘했다 생각했던 것들도 온통
실수로 여겨졌다.

　살면서 처음 경험한 쓰디쓴 실패였다. 덤덤한 척 "괜찮아, 또
다른 기회가 오겠지"라고 했지만, 집 앞으로 찾아온 남자친구
를 보는 순간 그렁그렁 눈물이 고였다. 하루 종일 참고 있던 왠
지 모를 억울함, 답답함, 아쉬움, 설명하기 어려운 온갖 감정들
이 필터링 없이 쏟아져 나왔다.

　"열심히 했으니까 됐어. 그걸로 충분해. 네가 가장 잘 알잖아.
옆에서 지켜본 나도 다 알고."

　고마운 말이었다. 하지만 문장이 담고 있는 의미는 마음속
깊이 흡수되지 못한 채 빙빙 맴돌고만 있었다. 열심히 했는데
결과물이 없잖아. 잘한 게 맞다면 이런 결과가 돌아오지 않
아야 하잖아. 내 속은 불만으로 가득했다. 할 수만 있다면 수학
문제처럼 점수를 내주길 바랐다. 이건 맞았고 이건 틀렸어. 차

라리 그게 속 편할 것 같았다.

　이후의 일을 먼저 말하자면, 나는 다른 회사에 입사했다. 비슷한 일이지만 약간은 다른, 그래서 어딘가 갈증이 느껴질 수밖에 없는 직군에 합격하여 첫 사회생활을 시작했다. 그 부분이 자꾸만 마음에 걸려 이 회사를 가야 할까, 다시 한 번 도전을 해봐야 할까, 주저하고 있을 때, 나를 단단히 붙잡아준 건 지금의 사수였다.

　면접 날, 몇 가지 질문에 나는 그때 가진 심정들을 가감 없이 털어놓았고, 그 이야기를 잠자코 듣던 그녀는 진심 어린 표정으로 말했다. 최선을 다해 피드백해주겠다고. 선배로서 도와줄 수 있는 건 모두 돕고 싶다고. 그 말에 나는 입사 결정을 내렸다. 그렇게 인생에서의 첫 직장사수를 만나게 되었다.

　"이 부분 있잖아. 조금 더 쉽게 바꿔볼 수 있니? 수식어가 너무 많아서 한 번에 안 읽히네. 그리고 이 문장과 이 문장은 전혀 다른 이야기를 하고 있는 것 같아. 다시 한번 잘 읽어보고, 조금 더 매끄럽게 다듬어봐."

　오랜 기간 대형 잡지사에서 근무했던 그녀는 짧은 문장 하나도 그냥 넘어가는 법이 없었다. 일명 '빨간펜 피드백'이라 불리는 날카로운 눈으로 모든 문장을 검토했다. 그녀의 빨간펜을 거치며 주렁주렁 수식어 달기 좋아하던 오랜 버릇도, 쉬운 말 대신 꼬아 쓰기 좋아하던 나쁜 버릇도 하루가 다르게 좋아졌다. 특히 두세 달간 죽어라 반복한 '리라이팅'은 가장 하기 싫어하던 작업이었지만, 지금은 가장 고마운 일이 될 정도로 나를 바꿔 놓았다. 같은 의미의 문장을 여러 번 다듬어보는 게 이토록 큰 변화를 가져올 줄 몰랐다.

그렇게 매일매일 글과 씨름하며 보낸 5개월. 결과에 연연하지 않은 채, 묵묵히 보낸 그 시간의 보상은 어느 날 갑자기 찾아왔다.

"이번 달 원고는 내가 손댈 게 없더라. 잘했어. 노력 많이 했네."

빨간펜으로 체크된 부분은 고작 한두 군데뿐이었다. 그녀가 돌려준 원고를 들고 자리로 돌아온 나는 불현듯 첫 실패를 경험했던 때가 떠올랐다. 그 시기, 담당 멘토님이 보낸 장문의 메일도 생각났다. 중요 메일함에 담아두고, 생각날 때마다 꺼내보던 말이었다. 그 속에 있던 익숙한 문구가 무척이나 생경하게 느껴졌다.

"그저 최선을 다할 뿐, 결과에 대해선 어떤 식으로든 흘려보내 주기로 하자. 결과는 우리의 작은 힘으로는 통제할 수 없는 거란다. 상상도 못했던 엉뚱한 변수에 의해 큰 영향을 받을 수 있지. 인생은 원래 그래. 우리가 원하는 것을 원하는 때에 원하는 방식으로 잘 주지 않지만 우리는 그러한 운명에 대응하며 살아가야 해."

　문장이 담고 있는 의미가 그제야 오롯이 전해지는 것 같았다. 좋아하는 영화를 두세 번 반복해서 볼 때, 귀에 걸리지 않던 대사가 들리고, 보이지 않던 장면이 아른거리듯 이 말이 가진 의미가 새롭게 다가왔다. 결과가 어찌 될지 모르니 굳이 피 튀기며 노력할 필요가 없다는 뜻이 아니었다. 최선을 다하되, 우리가 어찌할 수 없는 결과 하나만으로 모든 걸 판단해버리지 말 것. 그리고 스스로 최선을 다했다는 사실을 알고 있다면 그것만으로도 의미가 있다는 뜻이었다. 그때가 있었기에 성장했고, 성숙했다. 이건 부정할 수 없는 분명한 사실이었다.

　최종적으로 선발되지 못했던 시기. 회사가 원한 사람이 내가 아니었던 건, 그리고 지금 다니고 있는 회사가 나 같은 사람을 찾고 있던 건, 흡사 운명과도 같았다. 그건 내가 어찌할 수 있는 부분이 아니었다. 인생이란 그랬다. 원하는 것을 원하는 때에 원하는 방식으로 주지 않는 경우가 훨씬 더 많았다.

"그저 최선을 다해보려고 해. 내가 할 수 있는 건 그것뿐인 것 같아. 인연이라면 잘될 거고, 아니라면 다른 기회를 찾아봐야지."

사회 경험이 눈곱만치도 없던 때, 한창 입사원서를 넣고 있던 선배의 말처럼 운명 혹은 인연이란 게 비단 사람 사이에만 있는 게 아닐지도 모른단 생각이 든다. 그때의 그는 지금의 나와 같은 것을 느꼈던 거겠지 싶다.

세상이 원하는 때에 원하는 것을 주지 않는다 해도 크게 좌절할 필요 없다. 스스로를 망가뜨릴 만큼 자책하지 않아도 괜찮다. 최선을 다한 사람에게 잘못이란 있을 수 없다. 그 힘겨운 시기에 정말 필요한 건, 자책이 아닌 '자신감', 실망이 아닌 얼른 발견해주길 기다리는 '또 다른 가능성'일 것이다.

이유 있는 편애

너는 내게 이토록 좋은 사람이라고.
자주 보자는 말은 못해도 서로가 가장 행복한 날,
가장 슬픈 날만큼은 함께했으면 한다고.

"날씨가 많이 추워졌습니다. 감기 조심하시고, 올 한 해도 잘 마무리하시길 바랍니다."

퇴근길, 장문의 문자가 날아왔다. 연말을 맞아 쇼핑몰에서 보낸 광고 문자인가 싶어 발신자를 확인했더니 한동안 보지 못한 지인이었다. 어색한 존댓말과 딱딱한 내용을 보며 다수에게 보낸 문자구나 싶었다. 아마도 뚝 떨어진 기온에 잊고 지냈던 몇몇 얼굴을 떠올린 것 같았다.

그 순간 내 생각도 해준 거구나 싶어 고마운 마음이 들었지만, 곧 만나기로 한 친구에게 전화가 걸려와 약속 시간을 재차 확인하고, 밥을 먹고, 공연을 보고, 그렇게 잠이 들기 직전이 되어서야 늦은 답장을 했다. 하루 종일 깜빡하고 있었던 것이다. 그런 경우가 별로 없어 당황스러웠다.

사회에 막 발을 들였을 때까지만 해도 알고 지내는 대부분의 사람들에게 주기적으로 안부를 물었다. 설날이나 추석 같은 명절에는 한동안 보지 못한 지인들의 이름을 전부 선택해 문자를 돌리곤 했는데, 인원이 적지 않았던 터라 그 안에 담긴 내용은 비슷비슷했다.

"잘 지내? 못 본 지 오래됐네. 이번 달엔 꼭 봐야지."

꼭 해야만 하는 일처럼 나는 꾸준히 문자를 보냈다. 그렇게라도 해야 이 관계가 유지될 것 같은 마음이었다. 때때로 상대방으로부터 비슷한 내용의 메시지를 받게 되면 이 친구도 한 명 한 명한테 보내느라 고생 좀 하겠구나, 생각했다. 그래도 잠깐이라도 이렇게 서로의 안부를 묻는 게 다행이다 싶었다.

하지만 언제부턴가 그 횟수가 급격히 줄어들었다. 줄었다기보다 몇몇 사람들에게 더 많은 시간을 쏟게 되었다는 게 정확한 표현일 것 같다. 보내는 대상이 줄었음에도 이상하게 전보다 많은 시간이 걸렸다. 상대와의 추억을 떠올리다 보면 이 말도 하고 싶고 저 말도 하고 싶고, 이것도 묻고 싶고 저것도 묻고 싶어 고작 문자 몇 통 돌리는 데 몇 시간씩 걸리기도 했다. 매번 이렇게 정성을 담은 문자를 보내는 게 미련한 짓인가 싶기도 했지만, 상대방으로부터 뜨거운 온도의 답장을 받게 될 때면 이렇게 다짐했다. 그래, 이건 꼭 해야만 하는 일이라고. 분명 의미 있는 일이라고.

해를 거듭할수록 나는 다수에게 적당히 사랑받기보단 소수에게 듬뿍 사랑받고 싶은 사람이 되어간다. 모두에게 좋은 사람이기보단 몇몇 소중한 이들에게 반드시 좋은 사람이고 싶다. 이게 좋은 변화인지 아닌지는 판단하기 어렵지만, 느껴지는 행복감은 훨씬 크다. 사랑의 크기가 커져서일까. 정성이 듬뿍 들어가서일까. 나는 분명 편애를 하고 있었다.

어릴 적부터 모든 이에게 공평하라는 말을 지겹도록 들어왔지만, 그리고 누구보다 그걸 성실히 실천해왔다고 생각하지만, 때론 그 공평함이 서운함을 만들었다. 적어도 우린 조금 더 특별한 관계라 여겼는데. 더 많은 시간, 더 많은 이야기를 나눈 우리 사이가 그저 그런, 비슷비슷한 관계라고 생각될 때면 어린아이 같은 서운함이 밀려왔다.

아마 그때 받은 문자에서도 비슷한 걸 느낀 것 같았다. 토씨 하나 바뀌지 않은 동일한 메시지를 받았기에 그 문장 안에서 별다른 온기를 느끼지 못했다. 모든 관계가 공평할 순 있어도 동일할 순 없을 텐데. 그래서 각각의 사람들에게 전하는 안부 또한 같기는 어려울 텐데. 그에게 고맙지 않은 건 아니었다. 어른스럽지 못한 내 모습도 별로였다. 그럼에도 공평하지 않았으면 했다. 그게 내 솔직한 심정이었다.

한 해가 3주도 채 남지 않은 시점. 다른 어떤 날보다 자주 만나지 못했던 누군가의 안부가 궁금해진다. 바쁘다는 핑계로 '언제 한번 보자'는 빈껍데기 같은 말만 주고받은 지인들의 얼굴이 떠오른다. 아마 마지막 주가 되면 나는 꼭 해야만 하는 일처럼 또 한 통 두 통 문자를 써내려갈 것이다. 오랜 세월 진심을 주고받은 사람일수록 더 많은 시간이 필요할 게 분명하다.

그래도 한 자 한 자 적어 내려가는 나도, 그걸 꾹꾹 눌러 읽어볼 누군가도 그 순간만큼은 서로에 대해, 우리의 관계에 대해 다시금 되새겨보는 시간을 가질 수 있다면 좋겠다. 너는 내게 이토록 좋은 사람이라고. 자주 보자는 말은 못해도 서로가 가장 행복한 날, 가장 슬픈 날만큼은 함께했으면 한다고. 그 사람들에게 반드시 이 마음이 전해졌으면 한다.

듣고 싶은 말

누군가에게 했던 그 응원의 말을

내 마음 곳곳에도 새겨둘 필요가 있었다.

그날, 그녀의 말대로 나를 조금 더 믿어보기로 했다.

"있잖아, 나 다시 해보려고 해."

무더웠던 여름날, 그녀가 PD 시험을 다시 준비하기 위해 사직서를 냈다고 말했을 때, 나는 잠깐의 망설임도 없이 잘했다고 대답했다. 길게 생각할 게 없었다. 그 일만큼 그녀에게 잘 어울리고, 잘할 수 있는 일은 없을 거란 확신이 있었다. 13년 간 그녀를 쭉 지켜봐 온 나는 늘 버릇처럼 이야기했다. "네게 꼭 맞는 옷이야. 될 거야. 되고말고."

그랬기에 더욱 힘겹게 다가왔을 결과였다. 조금만 더 하면 될 것 같은데 누구도 앞날을 확신할 수 없고, 한 번 더 도전하고 싶은데 시간은 자꾸 흘러갔으니. 최종 면접에서 떨어진 날, 그녀는 한참 생각에 잠겨 있다 어렵게 입을 열었다. 그만하고 싶다고. 이 조마조마한 상황이 지긋지긋하다고. 내가 아쉬울 만큼 안타까운 결과였지만, 표현하지 않았다. 한 달 넘게 마주해야 했을 합격과 불합격의 갈래. 그 아슬아슬한 줄타기가 사람을 얼마나 괴롭게 하는지 알고 있었다. 나는 아무 말 없이 그녀를 다독였다. 그것 말곤 해줄 수 있는 게 없는 것 같았다.

그로부터 몇 달 후, 그녀는 바리스타가 되었다. PD가 아니라면 뭘 하는 게 좋을지 그 해답을 평소 즐겨 마시던 커피에서 찾았다. 나는 작업할 게 생길 때마다 카페에 들러 반나절을 보냈다. 매번 수많은 사람들로 발 디딜 틈이 없었지만, 구석 어디쯤 자리를 잡고 앉아 그녀가 만들어준 커피를 마셨다. 오랜 친구의 손을 거친 커피를 마셔보는 건 내 인생에도 처음 있는 일이라 신기했다. 눈길 한 번 준 적 없는 음료, 새로 나온 디저트도 꼭 한 번씩 들여다봤다. 휘핑크림이 잔뜩 얹어진 달콤한 바닐라 라떼보다 진한 아메리카노가 좋아진 것도 그 무렵인 것 같았다.

그렇게 한 달, 두 달, 내가 커피를 맛보는 횟수가 늘어날수록 그녀의 손놀림도 능숙해졌다. 바짝 긴장해 있던 표정도 조금씩 편안해졌다. 중간 중간 거쳐야 할 시험들을 통과하며 바리스타가 되기 위한 과정을 착실히 밟아가는 것 같았다. 문제없이 새로운 꿈을 이뤄가는 듯했다.

하지만 진급을 눈앞에 둔 상황에서 그녀는 똑같은 고민에 빠졌다. 여기서 더 나아가면 되돌아올 수 없을 것 같은 느낌이 든다며 복잡한 표정을 지어 보였다. 그 고민은 자그마치 석 달이란 시간 동안 계속됐고, 수십 번 왔다 갔다 하던 생각은 한 가지 이유로 인해 완전히 결정지어졌다. 과거를 돌아보느라 시간을 낭비하고 있단 생각. 그게 머릿속을 떠나지 않는다는 것이었다. 그렇게 그녀는 다시 꿈을 꾸기로 했다. 나는 그저 잘했다고 말해주었다.

"너는 어떻게 하기로 했어?"

그런 내게 그녀는 느닷없이 질문 하나를 던졌다. 하루에도 몇 번씩 고민하고 있는 문제라 어떤 걸 묻는지 단번에 알아차릴 수 있었다. 나도 똑같이 겪고 있는 일이었다. 매번 아쉽게 기회를 놓쳐버린 일이, 그 일이 아니면 안 될 것 같은 꿈이 내게도 있었다.

나는 몇 번의 도전과 쓰라린 고배 끝에 결국 먼저 찾아온 기회를 잡기로 했다. 머릿속에 그려온 일과 완전히 일치하진 않지만, 어느 정도의 만족감은 있었다. 그럼에도 본래 꿈을 이루

지 못했다는 아쉬움은 쉽사리 내 곁을 떠나주지 않았다. 불쑥
불쑥 뒤를 돌아보게 만들었다. 그런 날이면 가까운 지인들을
붙잡고 물었다. 지금 누리고 있는 안정된 삶이 새로운 일에 뛰
어들었을 때도 유지가 되는지. 만약 돌아온 결과에 만족하지
못할 경우, 그 후회의 시간을 내가 견뎌낼 수 있을는지. 그때 들
었던 수많은 대답들이 동시에 떠올라 선뜻 대답을 하지 못하
자, 친구는 다 이해한다는 표정으로 말을 이었다.

"생각 중일 것 같았어. 내가 해줄 수 있는 이야기는 이 결정
이 내게 필요한 일이라는 걸 조금 더 일찍 깨달았다면 조금 덜
괴로워하고 덜 망설였을 거라는 거야. 여기저기 조언도 많이
구해봤는데, 결국 선택은 내가 하는 거잖아. 그 선택에 미련이
없기 위해선 다른 사람의 응원만큼 나 자신이 해주는 응원도
필요한 것 같더라고. 너, 내 선택에 있어선 매번 응원해주면서.
걱정하지 마. 너도 잘할 수 있을 거야. 내가 알아. 잘해낼 거라
는 거."

내 선택에 확신을 갖는 덴 꽤 오랜 시간이 걸리면서 상대방
선택은 확신할 수 있는 건, 그들의 고민이 내 고민보다 결코 가
볍거나 중요하지 않아서가 아니었다. 내가 바라본 그들은 그
선택을 최고의 선택으로 만들어갈 사람들이었다. 비록 후회가

있더라도 잘 견뎌낼, 분명 더 나은 방향으로 끌고 갈 사람들이 었다.

그녀의 말이 옳았다. 아무런 결정도 내리지 못한 채 갈팡질팡하던 때에 가장 필요한 말은 무척 가까운 곳에 있었다. 친구의 결정에 망설임 없이 잘했다고 말해준 것처럼 내게도 '괜찮아, 그 길이 맞아'라는 확신의 답을 들려줄 필요가 있었다. 넌 생각보다 강한 사람이니까 마음이 시키는 대로 하라고. 그래도 괜찮다고. 누군가에게 했던 그 응원의 말을 내 마음 곳곳에도 새겨둘 필요가 있었다.

그날, 그녀의 말대로 나를 조금 더 믿어보기로 했다. 그래, 우리는 우리 자신을 조금 더 믿어봐도 괜찮을 것 같다.

기 사 님 의 문 자

내가 종일 찾아 헤맨 것은

잠시 마주쳤던 그 택시 안에 있었다.

마음의 여유가 조금도 없던 날이었다. 그런 의도로 한 말이 아닌 걸 알면서도 마음에 꽂힌 말들이 빠지기는커녕 더욱 깊숙이 파고들었다. 왜 하필 이런 날 일까지 몰려서. 재미있게 했을 일도 모두 짐으로 여겨질 뿐, 예정보다 2시간가량 당겨진 녹음도 그날은 달갑지 않았다. 곧바로 보이던 빈 택시조차 30분 넘게 잡질 못했다. 이런 날은 뭘 해도 안 되는구나, 불만만 쌓일 뿐이었다.

"이 주소로 찍고 가주세요. 최대한 빨리요."

백미러로 나를 힐끔 바라본 기사님은 "젊은 아가씨가 오늘 일이 엄청 많은가 보네"라며 서둘러 주소를 찍었다. 나는 더 이야기할 여유가 없다는 표시로 짧게 대답만 한 후, 출력해온 서류를 훑었다. 따스해진 날씨, 창가에 햇살이 가득 내려앉은 시간. 길가에 핀 꽃조차 바라볼 새도 없이 택시는 도로 위를 빠르게 달렸다. 기사님이 몇 마디 질문을 더 던졌지만, 그게 무엇이었는지도 기억나지 않을 만큼 정신은 다른 데 가 있었다. 나는 택시가 멈춰 서자마자 서둘러 계산을 하고, 녹음실로 뛰어들어 갔다.

"딱 맞춰 오셨네요. 성우분들도 다 오셨는데, 녹음 바로 시작할까요?"

실장님의 말에 고개를 끄덕이며 다시 서류를 꺼냈다. 그때 오른손에 쥐고 있던 만년필이 사라졌음을 알았다. 조금 전까지 분명히 들고 있었는데. 가장 좋아하는 사람이, 가장 좋아하는 문구를 새겨준 선물이었다. 이 만년필로 좋은 카피 많이 써야 한다던 그의 말이 무언가를 쓸 때마다 떠올라 항상 신경 써서 챙겼는데. 주머니에도, 가방에도, 그 어디에도 보이지 않았다. 순간 이곳까지 타고 온 택시가 떠올라 해당 회사로 곧바로 전화를 걸었다. 그쪽에선 기사님의 개인 휴대폰 번호를 알려주었다.

"저 기사님, 바쁘신데 죄송해요. 아까 논현동에서 내린 사람인데, 혹시 뒷좌석에 만년필 하나 떨어져 있는지 확인해주실 수 있을까요? 저한테 정말 중요한 거라서요."

기사님은 처음 택시를 탔을 때의 친절한 말투로 바로 찾아보고 연락을 주겠다고 하셨다. 하지만 전화를 기다리는 사이 예정된 녹음이 시작되어 버렸고, 내내 신경이 곤두선 채 일을 진행해야 했다.

"정말 미안. 각인까지 해준 건데. 하루 종일 정신이 없었어. 미안해."

그는 괜찮다고, 더 이상 신경 쓰지 말라고 했지만 나는 괜찮지 않았다. 해도 해도 너무한 하루에 눈물이 쏟아질 것 같았다. 그러는 사이, 내 휴대폰엔 기사님의 부재중 전화가 잔뜩 찍히고 있었다.

"아가씨, 미안해요. 전화 끊고 곧바로 찾아봤는데 없어요. 다음에 탄 손님이 없었는데. 혹시 모르니까 다른 곳도 한 번 찾아볼래요? 나도 다시 한 번 살펴볼게요."

기사님의 말에 잔뜩 상심한 채 녹음실 근처를 한참 배회했지만, 만년필은 어디에도 보이지 않았다. 나는 우울해진 상태로 다시 회사로 돌아가는 택시에 몸을 실었다. 그때 기사님으로부터 또 한 통의 문자가 왔다.

"시트까지 들쳐내 확인해봤는데 없어요. 아가씨한테 정말 중요한 물건인 것 같은데, 미안합니다."

나는 괜찮다고. 더 신경 쓰지 않으셔도 된다고. 회사에 가서 다시 찾아보겠다고 했다. 그러나 3시간 후, 또다시 문자가 왔다.

"중간 중간 손님들한테도 물어보고, 차고지 들어와서도 확인했는데 꼼꼼히 뒤져봐도 없는 걸 보니 내릴 때 떨어뜨리신 것 같아요. 아쉽네요. 꼭 찾아드리고 싶었는데."

회사로 돌아와 업무를 보던 나는 하던 일을 멈춘 채 그 문자를 가만히 들여다보았다. 기사님은 낯선 사람의 물건을 찾아주기 위해 종일 애를 쓰고 계셨다. 중간 중간 손님들이 내릴 때마다 뒷자리를 확인했을 기사님의 모습을 떠올려보니 오늘 하루, 필요 이상으로 스스로를 괴롭히고 있단 생각이 들었다. 회사라는 익숙한 공간에서 누군가에게 베풀 친절은 물론, 나 자신을 돌볼 여유조차 없었건만. 그 여유를 생각지도 못한 곳에서 찾은 느낌이었다. 나는 한 자 한 자 천천히 답장을 써 내려갔다.

"이렇게 열심히 찾아봐 주신 것만으로도 위로가 되는 날이네요. 정말 고맙습니다."

　문자를 쓰는 동안 잔뜩 곤두서 있던 마음이 천천히 가라앉는 것 같았다. 결국 만년필은 찾지 못했지만, 내가 종일 찾아 헤맨 것은 잠시 마주쳤던 그 택시 안에 있었다.

취중진담

나의 솔직한 몇 마디가 다시 일어설

힘이 된다고 생각하면 몇 번이고 말할 수 있다.

"너의 그런 점을 닮고 싶어. 너도 그걸 알았으면 좋겠어"라고.

쪼르르 빈 잔에 술을 채워주던 친구가 물었다.

"너, 그 버릇 없어졌네?"

그 버릇이 어떤 걸 의미하는지 단번에 알아차린 나는 "생각난 김에 한 번 해볼까?" 말했고, 그 자리에 있던 모두는 하지 말라며 손을 내둘렀다.

그래, 그런 술버릇을 갖고 있던 때도 있었는데. 그 시절엔 적당히 취했을 때의 알딸딸한 느낌이 왜 그리 좋았는지, 지금과는 사뭇 다른 날들이었다. 조금 덜 자도 괜찮았고 조금 더 취해도 괜찮았다. 흘러가는 시간은 저만치 미뤄둔 채 주고받는 대화에만 흠뻑 취해 있던 그때, 전에 없던 술버릇도 빼꼼히 얼굴을 내밀었다. 그만큼 마셔보지 않았다면 아마 평생 보지 못했을 버릇이었다. 내가 취했는지 아닌지를 가늠할 수 있는 한마디. "우리 서로 장점 말해주기 할까?"였다.

이 말을 뱉을 즈음엔 어김없이 얼큰하게 취해 있었다. 이 말을 왜 하고 있는지조차 알 수 없는 상태. 하고 싶은 말을 거르지 않고 술술 내뱉고야 마는 상태. 지금 와서 생각해보면 누군가의 칭찬과 응원이 절실히 필요했던 때였는지도 모르겠다. 지나고 보니 좋은 말만 듣고 싶은 마음이 무의식중에 표현된 게 아닐까 싶었다. 그땐 비교적 점잖은 술버릇이라 생각했지만, 오랜 친구 사이에선 선뜻 받아들이기 어려운 것이었다.

"장점은 무슨. 낯간지럽게."

처음엔 모두 그랬다. 쑥스럽다는 듯 재빨리 화제를 돌리려 했다. 그래도 나는 아랑곳하지 않았다. 한 친구는 내 앞에 앉았다는 이유로 가장 먼저 지목을 당했다.

"나는 말이야. 네가 사람들한테 크게 영향받지 않는 게 부러워. 소신이 있잖아. 누가 뭐래도 내 갈 길 간다는 그 뚝심. 난 그게 잘 안 되거든. 때론 나만 믿고 가볼 때도 있어야 하는데."

"맞아. 나도 같은 생각을 했어. 남들 다 뜯어말린 유학도 기어코 다 마치고 돌아왔잖아. 마음먹은 대로 산다는 게 진짜 쉽지 않은데."

　처음이 어려웠지 두 번은 쉬웠다. 한 명이 물꼬를 트면 옆에
앉은 친구도, 건너편에 앉은 친구도 머릿속에만 담아두었던 장
점을 차례로 이야기했다. 입 밖으로 꺼낸 적은 없지만, 항상 생
각하고 있었다는 듯 망설임이 없었다. 오랜 세월을 함께 보낸
만큼 서로를 너무도 잘 알고 있는 우리는 닮고 싶은 구석 또한
속속들이 꿰고 있었다.

　"엥? 진짜? 그게 왜 부러워? 난 그 면이 제일 싫은데."

　그때 알았다. 다른 사람에게 장점으로만 보였던 모습을 본인
은 못 견디게 싫어한다는 걸. 우유부단해서 싫다는 어느 친구
의 단점이 누군가에겐 둥글둥글 모나지 않은 장점으로, 말수가
적어 고민이라는 또 다른 친구의 단점이 누군가에겐 신뢰가 가
도록 느껴졌다.

　이렇듯 나의 미운 구석도 누군가에겐 꽤 매력적인 모습일 수
있었고, 여러 사람의 입을 통해 직접 듣게 될 때, 그 느낌은 완
전히 달랐다.

　"우리, 생각보다 그렇게 못나지 않았나 본데?"

　요즘 되는 일이 하나도 없다던 친구도 방긋 웃으며 말했다.
오랜 시간 부끄럽다는 이유로 전하지 못했던 말들. 그 속에서

우린 자신만 몰랐던 예쁜 구석을 알아갔다.

그때에 비해 술자리는 줄었지만, 이제 덜 붉어진 얼굴과 덜 경직된 말투로 서로의 장점을 이야기하곤 한다. 자꾸만 돌부리에 걸려 넘어져 도전하는 것조차 두려웠던 그때, 너는 겁이 없어 부럽다는, 옆에 있는 것만으로도 자극이 된다는 말에 무릎을 털고 일어날 수 있었던 것처럼 나의 솔직한 몇 마디가 다시 일어설 힘이 된다고 생각하면 몇 번이고 말할 수 있다. "너의 그런 점을 닮고 싶어. 너도 그걸 알았으면 좋겠어"라고.

그런 시간들을 차곡차곡 쌓아가고 있는 나는 더 이상 부끄러움 뒤에 숨어 마음을 감추지 않는다. 이제 술 한 방울 없이도 누군가의 예쁜 구석을 말할 수 있다. 그러는 사이, 나는 사람들의 단점보다 장점을 먼저 보는 사람이 되었고, 기쁘게도 그게 나의 또 다른 장점이 되어가고 있다.

오늘 스스로가 한없이 작게 느껴지는 당신이라면 그 생각은 잠시 접어두고, 곁에 있는 사람에게 '네가 생각하는 나의 장점은 뭐야?'라고 질문을 던져보자. 그리고 그 사람이 쑥스러움을 무릅쓰고 하는 말들에 귀를 기울여보자. 그 말을 가장 좋아하는 노랫말처럼, 가장 좋아하는 책의 문구처럼 언제고 꺼내볼 수 있게 마음 곳곳에 새겨두는 것도 좋겠다. 못났다고 여기는 그 부분이 세상 사람들은 다 알지만, 오직 당신만 모르는 아주 예쁜 구석일 수 있으니.

연락이 두절된 동안

지금 내 주위를 채우고 있는 모든 것들이

갑자기 사라져버릴 수도 있다고 생각하자 가슴 한편이 아려왔다.

첫 개강, 첫 수업. 나는 반짝 긴장한 채 앉아 있었다. 한 학기를 함께 보내게 될 동기들은 서로 어색한 눈빛만 주고받을 뿐, 별다른 대화는 나누지 않았다. 교수님이 들어오기만을 간절히 바라고 있던 그때, 뒤에 앉은 두 명이 조심스럽게 말을 걸어왔다.

"첫 학기는 다 같은 수업을 듣게 될 거래요. 우리 둘은 학원에서 알게 된 사이인데, 둘은 어떻게 아는 사이예요?"

그 말을 시작으로 주위에 앉은 여섯 명은 함께 점심까지 먹게 되었다. 그 잠깐의 인연은 지금까지도 만남을 이어오는 사이로 발전했다. 나보다 한 살 많은 둘과 한 살 어린 둘, 그리고 동갑인 친구 하나. 나잇대도 사이좋게 구성되어 있었다. 그중에서도 같은 나이인 친구와는 유독 빨리 가까워졌다. 그 아이가 갖고 있는 특유의 차분한 분위기가 걱정 많은 나의 대학생활을 편안하게 만들어주는 게 있었다. 게다가 모든 수업을 골고루, 아주 착실히 들은 덕에 덩달아 나도 열심이었다. 어떤 면에서든 나를 좋은 방향으로 끌고 가주는 친구였다.

유독 맑은 날씨가 계속됐던 그해 가을, 우리는 더욱 가까워졌다. 수업이 다르더라도 꼭 함께 점심을 먹었고, 수업이 끝나면 교문 앞에서 만나 함께 집으로 돌아갔다. 그 친구와 있으면 모든 게 잘 흘러갈 것 같은 느낌. 늘 그런 느낌이 들었다.

졸업장을 손에 든 날도 우린 아쉬움 대신 서로의 앞날을 마음 깊이 응원했다. 앞으로도 함께할 날이 많이 남아 있으니 아쉬워 말자고 서로를 보며 웃었다.

여섯 명이 있는 대화방은 졸업 후에도 여전했다. 틈만 나면 수다판이 벌어졌다. 디자이너, 선생님, 승무원, 그리고 카피라이터까지. 전공은 같았지만 직업은 모두 달랐다. 대화의 소재가 전보다 풍부해진 느낌이었다. 일은 어떤지, 좋은 사람은 만났는지, 근황을 나누다 보면 200개의 메시지가 금세 쌓이곤 했다.

그런데 어느 순간부터 그 친구가 보이지 않았다. 문자를 보내도 전화를 해도 응답이 없었다. 모두 의아해했지만, 아무리 기다려도 답은 오지 않았다. 그렇게 영문도 모른 채 시간은 자꾸 흘러갔다.

"어떻게 졸업했다고 이렇게 연락이 뜸할 수 있어."

그 횟수가 잦아지자 결국 누군가가 서운함을 토로했다. 아무리 못 봐도 3개월에 한 번씩은 꼭 보는 우리인데, 이제 다섯 명이 모이는 게 당연하게 여겨질 정도였다. 무슨 일이 있는 거겠지. 그래, 필치 못할 사정이 있는 걸 거야. 그렇게 생각했지만, 하나둘 서운함을 털어놓기 시작하자 자꾸만 그쪽으로 생각이 기울었다.

그럴 때마다 나는 불안한 마음을 달래려 친구에게 문자를 보냈다. 오늘 우린 이런 이야기를 나눴다고. 다음에 모일 땐 꼭 너도 함께라면 좋겠다고. 한 달, 반년, 자그마치 1년간 문자를 보냈다. 답장 한 번 받지 못해도 묵묵히 그 일을 계속했지만, 허공에 보내는 메시지처럼 느껴지는 날엔 친구가 조금 원망스러웠다. '함께 보낸 시간이 네겐 별거 아니었구나' 하는 나쁜 생각까지 들었다.

그러던 어느 날이었다. 늦은 밤, 잠에서 깨 물을 마시러 가던 나는 시간을 확인하려다 그 자리에 멈춰 섰다. 휴대폰 화면에는 친구가 보낸 장문의 메시지가 남겨 있었다. 1년 반, 딱 1년 반 만에 받은 답장이었다.

"미안해. 너무 미안해서 미안하다고도 못하겠지만, 그래도 보내준 문자 다 읽어보고 있었어. 한꺼번에 많은 일들이 일어나서 어디서부터 어떻게 설명해야 할지 모르겠는데, 만나고 싶어. 그때처럼 같이 밥 먹으면서 이야기하고 싶다. 괜찮을까?"

"응, 당연하지. 당연하고 말고."

우리는 곧바로 날짜를 잡았다.

그로부터 일주일 뒤, 항상 함께 돌아오던 7호선 중간에서 그 친구를 다시 만날 수 있었다. 조금은 달라졌을 수도 있겠다는 예상과는 달리 예전 그 모습 그대로 약속장소에 나타났다. 나는 괜스레 눈시울이 뜨거워졌다.

떨어져 지낸 시간, 친구는 한 번의 큰 수술을 받았다고 했다. 밝았던 얼굴에 처음으로 슬픔이 보여 더 이상 묻지 못했다. 어떤 일이 있었는지, 왜 연락 한 번 하지 못했는지 그건 더 이상 중요한 게 아니었다. 이렇게 다시 마주 앉아 밥을 먹고 있다는 사실이 더 중요했다. 우리를 잊은 건 아닐까, 바보 같은 생각을 했던 날들이 미안했다. 보내준 문자를 보고 용기를 내야 할 것 같았다는 친구에게 오해해서 미안하다고, 잘 견뎌줘서 고맙다고만 했다. 다른 말은 떠오르지 않았다.

"그럼 둘째 주가 낫겠지?"

다음 모임의 날짜를 정하기 위해 대화방이 다시 떠들썩해졌다. 올해는 우리 여섯, 모두가 모일 수 있게 되었다. 함께인 게 당연했던 그때, 나는 그 소중함을 잘 알지 못했다. 매일 아침마다 만나는 게 당연했고, 매일 저녁마다 내일 보자, 인사하는 게 익숙했다.

하지만 친구를 다시 보게 된 올해. 이 시간과 이 자리가 결코 당연하게 주어지는 게 아니라는 생각을 한다. 그러고 보니 세상 어디에도 당연하게 존재하는 건 없었다. 지금 이 순간 대화를 나누고 있는 사람들, 지금 내 주위를 채우고 있는 모든 것들이 갑자기 사라져버릴 수도 있다고 생각하자 가슴 한편이 아려왔다. 세상에 이보다 더 소중한 건 없는 것 같았다.

너를 잃지 않아 다행이고, 모든 게 제자리에 있어 줘서 다행이다. 그리고 너를 다시 만나게 되었다는 글을 쓸 수 있어 정말 다행이다.

#2

잊혀서 다행인 날도, 기억해서 다행인 날도 있다.
어쩌면 이게 가장 다행스러운 일.

설렁탕집 갈래요?

만약 내가 이 말을 건넨 적이 있다면
그건 아마 당신과 더 많은 이야기를
나누고 싶단 뜻이었을 것이다.

지난 회식 자리. 내게도 선택권이 돌아왔다. 부담 갖지 말고 골라보라는 말에 잠깐의 망설임도 없이 종로에 있는 단골집으로 팀원들을 안내했다.

"넌 어린애가 이런 곳은 어떻게 알고. 이제 보니 완전 아저씨 입맛이네."

뜨끈한 게 먹고 싶을 때마다 찾는 설렁탕집은 손님의 절반 이상이 연세 지긋하신 아버님들이었다. 이제 갓 서른이 된 여자가 가장 좋아하는 곳이라고 소개하기엔 다소 투박한 면이 있었다. 후미진 골목에 자리한 식당은 그날도 띄엄띄엄 혼자 식사를 하는 손님들로 가득했다. 넘치도록 담긴 진한 설렁탕 한 그릇과 소주 한 병으로 고된 하루를 씻어내는 듯했다. 소주 한 잔을 무심하게 입안으로 툭 털어 넣고, "크" 소리와 함께 국물 한 번을 떠먹으며 그렇게 1시간쯤 머물다가 홀연히 가게를 떠났다. 또래에겐 다소 낯설 수 있는 풍경이지만, 내겐 매우 익숙한 것이었다.

"자, 이렇게 깍두기 국물을 먼저 부은 다음에 파를 듬뿍 넣어 먹는 거야."

설렁탕을 처음 먹어보던 날, 아빠는 세발자전거 타는 법을 알려주듯 더 맛깔스럽게 먹는 방법을 말해주었다. 처음 먹어보는 낯선 재료들에 당황하다가 이내 국물 위에 둥둥 떠 있는 파를 젓가락으로 모조리 솎아내곤 진한 국물 속에 숨겨진 소면만 후루룩 건져 먹었다. 식감이 익숙지 않은 수육은 아빠 그릇으로 냉큼 옮겨 담았다. 소면을 다 먹고 나면 반쯤 남은 국물은 본체만체 숟가락을 툭 내려놓고, 발 디딜 틈 없는 가게 안을 둘러보곤 했다. 코끝 빨개지는 바깥 날씨와는 달리 실내는 따뜻한 공기, 모락모락 피어오르는 수증기로 꽉 차 있었다. 그 사이로 이따금씩 어르신들의 모습이 보였다. 처음 보는 건너편 사람과 한참 동안 이야기를 나누다가 그릇째 국물을 들이켜시곤 나란히 일어섰다. 그 모습이 하도 정다워 오랜 친구인가 싶을 정도였다.

"오늘도 잘 먹고 갑니다."

두 분은 빵빵해진 배를 두들기며 가게를 나섰다. 그들이 머물고 간 자리에는 바닥을 훤히 드러낸 그릇들만 덩그러니 남아 있었다. 잘 먹었다는 말로도 다 표현이 되지 않을 만큼 깨끗했다.

그땐 잘 몰랐다. 소금을 잔뜩 넣어야만 맛있다고 느껴졌던 그 국물이 그냥 먹어도 고소하다 느껴지는 날이 올 줄은. 파의 아삭함이, 깍두기 국물의 얼큰한 맛이 그리고 그곳의 풍경이 그리워진 순간은 어느 날 불쑥 찾아왔다.

"이야. 진짜 깊네, 깊어. 아버님이 어릴 때부터 데리고 오실 만하네. 근데 이게 그때부터 맛있었어?"

"아뇨. 어렸을 때 아빠 따라 몇 번 왔던 게 다인데, 스물네 살 땐가. 근처에 볼 일이 있어 왔다가 갑자기 이 가게가 생각났어요. 두 볼이 따끔거릴 만큼 추운 날이었는데, 진한 국물 맛과 노곤한 풍경이 떠오르는 거예요. 그날 알았던 것 같아요. 이게 아빠가 좋아하던 그 맛이구나. 요즘은 파도 잔뜩 넣어서 먹는다니까요."

그렇게 아빠와 찾던 가게들은 자연스레 나의 단골집이 되었다. 밍밍했던 평양냉면이, 비릿했던 닭백숙이 생각나는 날도 잦아졌다. 왜 여태 이 맛을 몰랐을까. 이렇게 고소하고 맛있는 걸. 나는 그때의 아빠처럼 깍두기통과 양념통을 죄다 들고 "먹어봐, 먹어봐"라며 더 맛있게 먹는 방법을 알려주었다. 50년, 100년이 훌쩍 넘은 가게 안에는 아빠의 시절과 나의 시절이 함께 흘러가고 있었다. 오랜 세월 한곳을 지켜온 가게는 수많은 사람들의 할아버지와 아버지 그리고 누군가의 추억을 끌어안은 채 더 굳건히 자리 잡아가고 있었다.

"의욕이 없거나 기운이 없는 날엔 이렇게 사람들이 가득한 가게에 와봐. 시장도 좋아. 생기 가득한 음식들과 분위기를 가만히 느끼다 보면 저절로 괜찮아지는 때가 있어."

설렁탕은 물론 회나 수육같이 비릿한 것은 입도 대지 못했던 엄마도 아빠를 따라 처음 이곳에 오게 됐다고 했다. 이 음식이 주는 맛, 이 가게가 갖고 있는 분위기가 좋아지는 데까지 꽤 오랜 시간이 걸렸지만, 다른 곳에는 없는 정겨운 느낌이 엄마도 종종 생각난다고 했다. 오래도록 자리를 지켜온 그곳만의 분위기가 때론 사람의 입맛까지도 바꿔놓는 듯했다.

내게 있어 종로의 설렁탕집이 그렇듯 누군가의 단골집이라는 건 생각보다 큰 의미를 담고 있다. 그래서 어떤 음식을 좋아하는지 또 어떤 가게를 자주 찾는지 물을 때면 나는 숨을 죽인 채, 상대방의 이야기에 가만히 귀를 기울인다. 그 입맛은 누구를 닮았으며 그 속에 담긴 추억은 어떤 빛을 띠고 있는지 더 자세히 듣고 싶어진다. 내가 좋아하는 사람일수록, 내가 아끼는 사람일수록 더더욱.

만약 내가 "종로에 있는 설렁탕집에 갈래요?"라는 말을 건넨 적이 있다면 그건 아마 당신과 더 많은 이야기를 나누고 싶단 뜻이었을 것이다.

비

맑은 얼굴로 인사를 하던 친구를 보며 생각했다.

비가 오는 날은 둘 중 하나인 게 좋겠구나.

함께 우산을 쓰거나 이렇게 함께 비를 맞거나.

갑작스러운 퇴근으로 그동안 미뤄두었던 영화표를 예매했다. 상영시간이 20분도 채 남지 않은 상황에서 폭우가 쏟아지는 바람에 택시는커녕 버스 한 대도 보이지 않았다. 신발은 이미 폭삭 젖어버린 상태였고 보러 갈까, 그냥 집으로 갈까, 수없이 갈등하고 있을 때, 저 멀리 빈 차 표시등을 켠 택시가 보였다.

"이수역 사거리에 영화관 있죠. 그 앞에 내려주세요."

목적지를 말한 뒤, 편한 자세로 고쳐 앉아 빗방울을 털어냈다. 물에 푹 담갔다 뺀 듯한 샌들은 에어컨 바람이 잘 닿는 곳에 바짝 갖다 댔다. 차츰 속도가 줄어들자 뿌연 창문 사이로 빗길을 걷고 있는 사람들이 보였다.

"아이고, 저 학생들은 찝찝하지도 않은가 봐."

기사님은 사방에 빗물이 튀도록 첨벙첨벙 뛰노는 학생들을 바라보고 있었다. 까까머리 남학생은 코끝에 간신히 걸쳐 있는 뿔테 안경은 신경도 쓰지 않았고, 여학생 또한 두 볼에 딱 달라붙은 머리카락은 잊은 지 오래였다. 그들은 뛰었다 멈췄다를 반복하며 온몸으로 내리는 비를 맞고 있었다. 학생들과의 거리가 조금씩 좁혀지자 오른쪽 가슴에 새겨진 학교 마크가 점점 선명하게 보였다. 여학생이 입은 교복은 10년 전 졸업한 모교의 것이었다.

"우산 없으니까 조금만 기다렸다 가자. 같은 아파트 단지 사는 애들 꽤 있잖아."

매일같이 교복을 입고 다니던 시절. 지난 금요일처럼 비가 사정없이 내린 날이었다. 그때나 지금이나 일기예보를 확인하지 않는 나는 굵어지는 빗줄기를 보며 발만 동동 굴렀다. 마침 같은 시간에 교실을 빠져나온 옆 반 친구도 멍하니 그 모습을 지켜보고 있었다. 손바닥을 펼쳐 빗방울의 양을 가늠하는 걸 보니 그녀도 우산이 없는 모양이었다. 조금만 기다려보자는 내 말에 커다란 눈을 한 번 깜빡이더니 웃음기를 띤 얼굴로 대답했다.

"우리 그냥 뛰어갈까?"

나는 그 친구를 따라 빗속으로 뛰어들었다. 교문을 빠져나가기도 전에, 교복이 몽땅 젖어버렸다. 버스정류장까지 꽤 먼 길을 달려가야 했음에도 뭐가 그리도 좋았는지 연신 웃음을 멈추지 못했다. 그땐 비를 맞는 것도, 축축하게 젖은 옷으로 버스에 타는 것도 마냥 불편하기만 한 일은 아니었다. 에어컨 바람이 옷깃에 닿을 때마다 더위가 가시는 느낌도 싫지 않았다.

"비 좀 맞으면 어때. 이렇게 시원한데."

그날, 갈림길에 서서 맑은 얼굴로 인사를 하던 친구를 보며 생각했다. 비가 오는 날은 둘 중 하나인 게 좋겠구나. 함께 우산을 쓰거나 이렇게 함께 비를 맞거나.

두 학생을 지나쳐 다시 속도를 올리던 택시는 영화 시간에 맞춰 건물 앞에 도착했다. 문을 열고 우산을 펼치려는 찰나 기사님이 말했다.

"비 조심해요, 아가씨."

어느새 비는 조심해야 할 대상이 되어버렸고, 감미로운 빗소리보단 젖어버린 옷가지를 걱정하는 나이가 되어버린 게 조금 서글펐다. 옆 반 친구를 다시 만나게 된다면 그때처럼 소낙비가 내리는 거리에 주저 없이 뛰어들 수 있을까. 한 번으로 끝나버린 그 기억이 나는 몹시도 그리웠다.

그로부터 딱 1주일 되던 날, 다시 폭우가 쏟아졌다. 내 마음을 읽기라도 한 듯 사정없이 내렸다.

"와, 어떻게 우리가 도착하니까 딱 맞춰 비가 쏟아지지? 미리 먹을 거라도 사서 다행이다."

그날은 일 년에 딱 한 번, 록페스티벌이 열리는 날이었다. 나는 돗자리, 그녀는 우비를 챙겼다. 행사가 열리는 곳까지 이동하는 동안, 우리는 흐린 하늘을 바라보며 비가 오지 않길 간절히 바라고 있었다. 그녀의 우비보단 나의 돗자리가 쓸모 있었으면 했는데, 결국 이렇게 되어버린 것이다. 우리는 갓 주문한 닭강정을 들고 부스 밑으로 몸을 피했다. 행사장에 도착한 지 5분도 되지 않아 일어난 일이었다.

"얼마 전에 내가 비 맞고 싶단 글을 썼거든. 그것 때문인가. 이렇게 빨리 이뤄질 줄은 몰랐는데."

나는 장난기 섞인 말투로 말했다. 앞머리가 폭삭 젖은 그녀는 흐려진 하늘을 한 번 바라보더니 해맑게 웃으며 대답했다.

"여기까지 왔으니 그냥 맞고 있는 거지. 아님 비 피하느라 아수라장이 됐을 거야. 그래도 오랜만에 비 맞으니까 좋다. 그치?"

축제를 즐기러 온 사람들은 마치 햇볕 좋은 날 거닐 듯 여유로웠다. 폭삭 젖은 몸으로 무대 위 노랫소리를 따라 발길을 옮길 뿐이었다.

"비가 더 왔으면 좋았을 텐데. 흠뻑 젖은 채로 뛰어 노는 것도 좋잖아요."

한창 공연 중이던 가수가 아쉬움 가득한 목소리로 말했다. 그 자리에 있는 모두가 점점 가늘어지는 빗줄기를 원망하고 있었다. 그곳에선 비를 피하는 모습을 어디에서도 볼 수 없었다.

어둑어둑해지자, 후덥지근했던 날씨가 조금씩 수그러들었다. 바람도 조금 차가워진 것 같았다. 우리는 각자의 집으로 향하는 버스에 몸을 실었다. 에어컨 바람을 피하기 위해 담요를 꺼냈다. 푹 젖어 있던 옷가지가 조금씩 가벼워지고 있는 느낌이었다. 바짝 마를 동안 한숨 자야겠다고 생각했다.

노곤 노곤해진 몸 상태로 창밖을 바라보던 나는 어릴 적 풍경이 떠올랐다. 그날처럼 창문에 맺힌 빗방울이 버스의 속도에 따라 주르륵주르륵 몸을 움직이고 있었다. 춤을 추듯 오르락내리락했다. 이어폰에서는 가장 좋아하는 음악이 흘러나오고 있었다. 오늘은 옴팡 감기에 걸려도 억울하지 않을 것 같았다.

퇴근 후

함께 있지 않을 때, 비로소 그 사람이
나를 얼마나 생각했는지 알게 된다.
내가 어떠했는지도.

팀이 배정됐다. 함께 일하게 될 인원은 나를 포함해서 넷. 아트디렉터 두 명에 카피라이터 두 명이었다. 눈치껏 돌아가는 상황을 빠르게 파악하는 게 급선무였다. 출근 날짜가 조금 미뤄져 막바지 작업에만 합류됐던 프로젝트는 이미 콘셉트가 모두 정해진 상태였다. 거기에 맞춰 바리에이션을 하는 일이 사실상 내게 주어진 첫 업무였다.

그날, 제안서를 마무리하고 돌아와 잠자리에 누웠을 땐, 이미 자정이 훌쩍 넘어 있었다. 몽롱한 정신과 찌뿌드드한 몸이 '아, 나 다시 광고 하는구나' 실감하게 했다.

이후에 진행될 모든 프로젝트는 아트디렉터인 팀장님과 함께하게 됐다. 그는 나보다 7살이 많은 8년 차 선배로, 입사 전에 몇 번 메일을 주고받은 적이 있었다. 문체에서 풍겼던 이미지와 실제 모습이 일치했는데, 수더분하고 여린 분 같았다. 입사 첫날, 그는 모든 게 어색하기만 한 내게 불편한 건 없는지 살갑게 챙겨주었다. 그의 몇 마디에 조금은 긴장을 풀어도 되겠구나, 안심했다.

"팀장님은 3개월 전에 결혼한 새신랑인데, 근래 10시 전에 퇴근해본 적이 없어요. 수현 씨 왔으니까 이제 한시름 덜겠다."
　함께 점심을 먹던 중, 한 동료가 안쓰러운 눈으로 그를 바라보며 이야기했다. 그 말을 증명이라도 하듯, 우린 자정이 다 되어서야 그날 업무를 모두 마무리할 수 있었다. 각자 집에 갈 채비를 하던 그때, 동기 하나가 웃음기 섞인 목소리로 말했다.
　"또 출근 준비하시네."
　한창 신혼인 팀장님은 말끔하게 세수를 하고, 로션을 바른 후 연신 머리를 매만지고 있었다. 늦은 시간, 회사 내에서 보기 어려운 신기한 광경이었다. 대부분 퀭한 눈에 추레한 모습 그대로 후다닥 집으로 가기 바쁜데, 그는 거울에 바짝 다가앉아 꽃단장을 하고 있었다. 모든 시선이 그리로 꽂히자 쑥스럽다는 듯 파티션 사이로 쏙 숨어버렸다.

"회사 올 때보다 더 열심히 꾸미고 가세요. 하루도 안 빼놓고 매일."

이유를 듣고 나니 그 모습이 귀여워 보이기까지 했다. 남자들도 저렇게 신경을 쓰나 보네. 여자랑 별반 다르지 않구나. 피식 웃음이 났다. 서둘러 준비를 끝낸 그는 보송보송해진 얼굴로 "나 먼저 간다"라며 손을 흔들었다. 두 눈은 여전히 새빨갛게 충혈되어 있었다. 그 눈은 내게도 익숙한 것이었다.

"아직도? 왜 끝나는 시간을 몰라."

불과 2주 전까지만 해도 나는 틈만 나면 그에게 툴툴거렸다. 6시면 칼같이 퇴근할 수 있는 회사에 다녔던 터라 매번 야근을 하는 그를 이해하지 못했다. 팀으로 돌아가는 일이 몇 개 있긴 했지만, 대개 각자가 맡은 업무를 끝마치면 눈치 보지 않고 퇴근할 수 있었고, 약속이 있는 날은 아침에 조금 더 집중해서 일하면 무리 없이 시간을 맞출 수 있었다. 그런 나완 달리 그의 퇴근시간은 매번 예측할 수 없었다.

"오늘 광고주 회식이라 언제 끝날지 모르겠어. 상황 봐서 연락할게."

"급하게 처리해야 할 일이 생겼네. 오늘은 일찍 갈 수 있을 줄 알았는데."

친구와 한참을 놀고 들어와도, 밤 11시가 훌쩍 넘어도 정확한 퇴근시간을 알 수 없었다. "대략적인 시간이라도 얘기해봐." 한숨 섞인 말투로 물어봐도 "미안해"라는 말만 되돌아올 뿐이었다. 융통성 있게 시간을 조정할 순 없는 걸까. 그땐 그 생각을 참 많이 했는데, 새벽이 다 되어서야 집으로 돌아가는 팀장님을 보자 지난 2년간, 그가 어떤 생활을 해왔을지 짐작할 수 있었다. 팀장님의 새빨간 눈은 모든 업무를 끝내고 집 앞으로 찾아왔던 그의 눈과 닮아 있었다.

"나 이제 퇴근! 첫날부터 야근이라니. 괜찮아?"

내가 달라진 환경에 잘 적응할 수 있을지 걱정하던 그는 종일 나를 신경 써줬다. 어색한 게 당연한 거라며 종일 다독여줬다.

"상황이 이렇게 뒤바뀔 줄 알았으면 좀 덜 칭얼거리는 건데. 미안해. 할 말이 없다."

그의 매일을 하루밖에 체험하지 않았지만, 더 겪어보지 않아도 알 것 같았다. 나는 풀이 죽은 채로 답장을 써 내려갔다. 그는 괜찮다고, 이제 생활패턴이 같아졌으니 오히려 좋다고 농담

섞인 대답을 했다.

저녁이라도 함께 먹으려 회사를 잠시 빠져나왔던 그에게, 벚꽃놀이를 가고 싶단 말에 몇 시간도 못 자고 집을 나섰던 그에게 '언제 끝나?' 대신 '괜찮아?'라고 물어볼 걸. '왜 안 와' 툴툴거리기보단 '힘내'라고 말해줄 걸. 내가 바라는 만큼은 아닐지라도 그 상황에서 그가 할 수 있는 최선의 것을 해주었음을 미리 알았더라면 좋았을 텐데.

나는 그제야 늦은 반성을 했다. 정말 답답했을 사람은 내가 아니었다. 그 사실이 너무도 미안했다.

어느덧 한 달이란 시간이 흘렀다. 우리의 대화는 눈에 띄게 달라졌다. 둘 중 누군가가 야근을 하는 날이면, 혼자 책을 보든, 내일 있을 회의 준비를 하든 조금은 여유롭게 서로를 기다릴 수 있게 되었다. "피곤한데 오늘은 집에 가서 쉬어도 될까"라는 말에도 더 이상 서운해하지 않았다. 그게 나를 생각하지 않아서가 아니라는 걸, 그 사소한 결정 하나가 마음의 전부가 아니라는 걸 알게 되었기 때문이다.

함께 있지 않을 때, 비로소 그 사람이 나를 얼마나 생각했는지 알게 된다. 내가 어떠했는지도. 그걸 깨닫게 된 지금, 우리가 사랑할 시간은 전보다 늘었다.

별거 아닌 별것

우리는 부끄럽다는 듯 말했지만, 알고 있었다.

그 짧은 몇 마디가 막막한 시기에 얼마나 큰 힘이 되는지를.

그 별거 아닌 작은 말이 얼마큼의 별것을 만들어낼 수 있는지를.

"너도 이거 듣는구나?"

혼자 듣게 된 수업에 낯설어하고 있는 내게 한 친구가 다가왔다. 입학 후 첫 학기, 모든 전공 수업을 함께 들은 친구였다. 매일같이 붙어 다니던 사이는 아니었지만, 순한 인상에 다정한 말씨, 대부분의 사람들이 편안하게 다가갈 수 있는 아이였기에 무척 반가웠다.

함께 듣게 된 포트폴리오 수업은 교수님께 일대일 피드백을 받는 형식으로 진행되었다. 대상이 아닌 학생들은 대개 자리에 앉아 묵묵히 각자의 작업에 몰두했는데, 그동안 우린 사적인 대화를 자주 나눴다. 곧 들이닥칠 '취업'이라는 문제가 단시간에 가깝게 만들어준 것 같았다.

"취업은 어느 쪽으로 할지 생각해봤어?"

"4년 동안 캐릭터 디자인 수업이 가장 재미있었어. 내가 개발한 캐릭터로 다양한 상품을 만드는 게 목표인데, 일단 그 과정을 배울 수 있는 곳에 취업해보려고 해."

그녀의 말에 익숙한 캐릭터의 모습이 떠올랐다. 그녀가 쓰는 노트 곳곳엔 동글동글한 얼굴에 커다란 눈망울, 활짝 웃는 표정의 캐릭터가 항상 그려져 있었다. 내가 "아, 그 캐릭터!"라고 말하자 쑥스럽다는 듯 머리를 긁적였다. 그렇게 좋아하는 일을 평생 직업으로 삼으면 참 행복하겠지, 생각하는 내게 같은 질문이 돌아왔다.

"너는? 편집 쪽? 아니면 영상?"

그녀는 당연하다는 듯 물었고, 나는 심각해진 표정으로 대답했다.

"사실 난 전공 말고 다른 길로 가고 싶은데, 그래도 될지 고민이야. 디자인만큼 글 쓰는 것도 좋거든. 이대로 취업하면 후회할 거 같단 생각이 들어서 방학 때부터 교육 프로그램을 한참 찾아봤어. 근데 졸업예정자는 잘 받아주지 않는 것 같더라고. 최근에 본 건 그런 제한이 하나도 없었는데, 지원 날짜가 이틀 정도 지나버린 거 있지. 인연이 아닌가 보다 싶어."

그때까지만 해도 글 쓰는 것을 직업으로 삼는 데 확신이 없었다. 4년 내내 디자인 툴만 다룬 내가 잘할 수 있을까. 선배들이 그랬고, 동기들이 그렇듯 지금부터라도 디자인 회사를 알아봐야 하는 건 아닐까 고민스러웠다. 하지만 그녀의 생각은 달랐다.

"이틀? 정말 해보고 싶은 일이라면 지원해봐도 괜찮을 것 같은데. 공고문을 늦게 보긴 했지만, 꼭 해보고 싶다고. 사실대로 말하면 이해해주지 않을까? 한 번 보내봐. 하고 싶은 의지가 보인다면 뽑을 것 같아. 내가 담당자라면 그럴 거야."

친구의 말에 그런가, 하고 고개를 갸우뚱했다. 되면 좋고, 아니면 다른 기회를 또 찾으면 되지. 친구는 내 어깨를 꼬옥 잡으며 말했다. 그래, 일단 해보자. 해보기나 하자. 그녀의 말에 나는 곧바로 지원서를 만들기 시작했다. 공고문에 적힌 메일 주소로 파일을 첨부하며 진심 어린 편지도 썼다. 홀로 적어본 몇 개의 글도 함께 담았다.

그로부터 2주 뒤, 기다리던 전화가 왔다. 지원 날짜가 지나긴 했지만, 한번 만나보고 싶다는 연락이었다. 그 계기로 생애 처음 카피라이터 수업이란 걸 받게 됐다. 모든 일은 순식간에 일어났다. 내겐 꿈만 같은 일이었다.

잊고 지내던 그때가 떠오른 건, 어느 평범한 날의 오후였다. 함께 점심을 먹던 선배가 별안간 질문 하나를 던졌다.

"카피라이터를 시작하게 된 계기가 뭐야? 디자인과 출신이 카피라이터가 되긴 쉽지 않았을 텐데."

나는 그 친구가 없었다면 시작조차 하지 못했을 거라고 대답했다. 그 말을 뱉고 나니 친구가 한없이 보고 싶어졌다.

어떻게 지내고 있을까. 2년 전, 간단히 식사를 한 게 마지막인 것 같은데. 연락처에서도 사라져버린 친구에게 어떻게든 연락을 취해보려 SNS에 접속했다. 서로의 안부를 확인할 수 있는 유일한 창구였다. 그러고 보니 요즘은 사진도 통 올리지 않은 것 같고. 나는 소식이 뜸해진 계정으로 무작정 보고 싶다는 메시지를 적어 보냈다. 2시간쯤 지나자 답장이 왔다.

"수현아, 오랜만이야! 나도 보고 싶다. 갑자기 뉴질랜드로 오게 돼서 휴대폰도 바꿨어. 같이 밥 먹은 날, 해외취업 생각하고 있다고 했었잖아. 제대로 한번 도전해보고 싶어서 무작정 건너왔는데, 솔직히 좀 막막하다."

친구는 2년 전 식사자리에서 언제가 될지는 모르겠지만 꼭 해보고 싶은 일이 있다고, 막막하긴 하지만 조금씩 준비해보려

한다고 했다. 나는 그녀의 용기 있는 선택을 지지했던 기억이 났다. 적지 않은 나이에 한국에 있는 직장을 포기하고, 그 머나먼 나라로 홀로 떠난다는 게 쉽지 않은 일이었을 텐데.

그녀는 그 어려운 일을 마침내 저지르고 만 모양이었다.

나는 막막하다는 친구에게 지난날, 내게 건넸던 그 말을 천천히 써 내려갔다. 도전해봐도 될지 망설이고 있을 때, 괜찮다고, 용기 내보라고 네가 응원해주었던 날. 그래서 모든 걱정을 미뤄두고, 지원서를 만들기 시작했던 날. 그날이 없었다면 평생 카피라이터라는 직업을 갖지 못했을지도 모른다고. 그토록 원하던 글을 쓰는 일을 시작조차 하지 못했을지도 모른다고. 네 덕에 이렇게 즐겁게 일을 하고 있다고. 그렇게 불쑥 늦은 감사의 인사를 전했다. 머나먼 한국에서 갑작스럽게 날아온 장문의 메시지에 그녀는 이렇게 답했다.

"고맙긴. 난 한 게 없는데. 그렇게 말하지 않았더라도 그 일을 하게 됐을 거야. 나도 고마워. 나도 너처럼, 이다음에 이 메시지를 보면서 그때 응원해줘서 고마웠다고, 네 덕에 이렇게 재미있게 일하고 있다고 말할 수 있다면 좋겠어."

힘내라고 말해준 것뿐인데, 뭐가 고마워. 고맙다고 했는데 또 고맙다고 하면 어떡해. 우리는 부끄럽다는 듯 말했지만, 알고 있었다. 그 짧은 몇 마디가 막막한 시기에 얼마나 큰 힘이 되는지를. 그 별거 아닌 작은 말이 얼마큼의 별것을 만들어낼 수 있는지를.

첫 고 백

어린 나이엔 오히려 숨김없이 다 표현했었는데.
지금의 나보다 아무것도 모르던 그때의 내가 훨씬 나은 것 같아.

종례를 마친 선생님은 시계를 한 번 바라보곤 출석부를 정리하셨다. 그 모습에 몇몇 아이들은 마른 침을 삼켰고, 내 심장은 빠르게 뛰기 시작했다.

"이제 자리를 한 번 바꿔볼까? 이번엔 여학생이 남학생 옆자리에 가는 거로 하자."

그날은 매달 꼭 한 번씩 치르는 '자리 바꾸기 날'이었다. 한 번은 여학생이, 한 번은 남학생이 자리를 바꿀 때마다 원치 않는 방식으로 감정을 드러내야 했다. 당시 누군가의 옆자리를 내 발로 찾아간다는 건 '나 너에게 관심 있어'라고 말하는 것과 같았다. 그건 생각보다 꽤 마음 불편한 일이었다. 고작 자리 한 번 바꾸는 소소한 일에 불과했지만, 그땐 그게 참 별일이었다. 아무런 감정 없는 절친한 친구일지라도 그날만큼은 옆자리에 앉는 게 껄끄러웠다. 행여나 좋아한다고 착각하면 어쩌나, 좋아하는 걸 들키면 어떡하나 하는 생각 때문에 결국 눈치만 보다 꾸역꾸역 중간쯤 되는 자리에 앉았다. 제 발로 찾아가야 하는 우리도 우리지만, 기다리는 그네들 입장도 편치만은 않았을 것이다.

나는 그날 매일같이 놀이터에서 마주치는 친구 옆에 앉았다. "너 좋아해서 여기 앉는 거 아니다." 묻지도 않은 말을 하면서.

그랬던 내가 처음으로 고백을 했다. 정확히 말하자면 고백 비슷한 걸 했다. 누군가를 좋아한다는 감정이 어떤 건지도 몰랐을 아주 꼬마 때의 일이었다.

학교 안에서나 밖에서나 우리는 거의 매일을 붙어 다녔다. 특별한 놀이를 하지 않아도 종일 뛰놀았다. 그 시기에 찍은 사진 속엔 항상 그 아이가 있었다. 방 청소를 하다 우연히 함께 찍은 사진을 발견하는 날이면 어김없이 그날이 떠올랐다. 눈물을 참느라 코끝이 찡해지고 목구멍이 따끔거리던 날이었다.

"엄마가 그러는데, 우리 멀리 이사 갈 거래."

그 친구는 언제고 내 옆에 있을 거라고 생각했는데. 처음으로 이별이란 걸 하게 된 나는 그 말이 준 충격에서 쉽사리 헤어 나오지 못했다. 집으로 돌아온 나는 울상이 된 채, 엄마를 붙들고 이야기했다.

"엄마, 걔가 멀리멀리 가게 됐대. 이제 못 보게 될지도 모른대."

세상을 잃은 듯한 표정을 짓는 내게 엄마는 나긋나긋한 목소리로 말했다.

"어떻게 하면 네 마음이 편할 것 같아? 그 친구에게 이 마음을 어떻게 표현하고 싶어?"

한 번도 생각해본 적 없는 부분이라 나는 멀뚱멀뚱 서 있기만 했다. 그 친구에게 뭘 해주면 좋을까. 뭘 해야 이 아쉬운 마음이 잦아들 수 있을까. 나는 질문에 대한 답을 찾으려 애썼다.

그로부터 6년이란 시간이 흘렀다. 클릭 몇 번이면 동창을 모두 찾을 수 있는 사이트가 유행하던 시기였다. 가입을 하려는 순간, 그 아이의 얼굴이 떠올랐지만, 굳이 찾지는 않았다. 그냥 그때의 추억으로 남겨두어도 괜찮을 것 같았다. 그런데 얼마 지나지 않아 쪽지 한 통이 날아왔다. 바로 그 아이였다.

"잘 지내? 초등학교 때를 떠올리면 항상 네가 먼저 생각나서 찾아봤는데. 여기서 보니 반갑다. 한국에서 학교 다니고 있지?

나는 아직 미국이야. 그때 네가 만들어줬던 자리 기억해? 시간이 지날수록 너희가 서운해 해주고, 아쉬워 해줬던 게 고맙게 느껴지더라고. 마음은 그래도, 직접 표현한다는 게 쉽지 않은 일이잖아. 그래서 더 기억에 남나 봐. 어머님도 잘 지내시지? 곧 한국에 들어갈 것 같은데, 괜찮으면 한번 만나고 싶어."

'네가 만들어줬던 자리.'

그래, 그랬지. 참. 그 아이의 쪽지를 읽으니 생각났다. 엄마가 물었던 질문의 답이 '송별회'였다는 걸. 헤어짐에 익숙지 않은 나와 같은 반 친구들이 못다 한 말을 전했으면 하는 마음이 있었다. 그렇게나마 그 아이에게 잊지 못할 추억을 만들어주고 싶었다. 네 빈자리가 이렇게 크다고. 이만큼이나 너를 생각하고 있다고. 그 자리를 빌려 전하고 싶었는지도 모르겠다.

엄마와 나, 그리고 몇몇 친구들은 정성스럽게 송별회 초대장을 만들었다. 먹음직스러운 음식들로 커다란 상을 가득 채웠다. 그날은 오로지 그 아이만을 위한 날이었다. 무뚝뚝하고 말이 없던 친구들도 그날만큼은 각자의 방식으로 마음을 전했다. 그 모습은 가지각색이었지만 전하고자 하는 바는 같았다. '우리는 널 좋아해'라고.

"그래서, 만났어?"

테라스에 앉아 그때의 이야기를 잠자코 듣던 친구는 호기심 어린 눈빛으로 나를 바라보았다.

"아니. 일정이 꼬이는 바람에 결국은 못 만났는데, 그렇게 여러 번 쪽지를 주고받으면서 이런 생각이 들더라고. 나는 왜 그때처럼 표현하고 살지 못하는 걸까. 나이를 먹을수록 좋아하는 감정이 생기기 시작하면 어떻게 표현할까보다 어떻게 숨길지 고민했던 것 같아. 들키면 큰일이 날 것처럼 말이야. 좋아한다는 감정이 어떤 건지도 잘 몰랐던 그 어린 나이엔 오히려 숨김 없이 다 표현했었는데. 지금의 나보다 아무것도 모르던 그때의 내가 훨씬 나은 것 같아."

"그 정도면 널 좋아하는 게 맞아." "좋아한다면 그 정도는 해 줘야 하는 거 아냐?" 이런 대화들이 흔히 오가던 20대 초반. 이상하게 그때의 일이 자주 떠올랐다. 좋아하는 감정이란 게 어떤 건지 정확히 답할 순 없어도 어린 날의 우리는 무척이나 솔직했다. 재보려고도 숨기려고도 하지 않았다. 그게 남녀 사이든 친구 사이든 우리는 그랬다.

나는 누군가를 향한 복잡한 감정에 갈팡질팡하는 친구에게 물었다.

"어떻게 하면 네 마음이 편할 것 같아? 그 사람에게 어떻게
이 마음을 표현하면 좋겠어?"

고민의 해답을 찾기에 가장 좋은 방법은 그것뿐인 것 같았다.

자 세 히   보 아 야   예 쁘 다

그땐 저 예쁜 눈이 왜 그리 무서워 보였을까.

이제 색안경 대신 안경을 들고 바라보게 된다.

구석구석 자세히 더 오래오래 들여다보고 싶어서.

동생의 말이 끝나기가 무섭게 나는 질색하며 대답했다.

"싫어. 5분도 같이 못 있겠어."

눈앞엔 태어난 지 3개월도 안 된 아기 고양이가 잠들어 있었다. 얼핏 보기에도 너무나 연약해 보였다. 그때까지만 해도 나는 고양이와 눈도 잘 마주치지 못했다. 길거리에서 만난 강아지에겐 스스럼없이 다가가면서 이상하게 고양이만 보면 눈을 피하고 몸을 돌려 버렸다. 좋지 않은 이미지가 머릿속 깊이 박혀 있던 것일까. 어릴 적에 읽은 어느 만화책에선 의인화된 고양이가 주변 인물들에게 따돌림을 당했고, 또 어떤 이야기에선 고양이를 집에 들인 순간부터 가위에 눌리기 시작했다. 사실이 아님을 알고 있었지만, 꺼림칙한 느낌은 지우기 어려웠다. 싫어하진 않아도 가까이하고 싶진 않았다.

그런데 그런 대상과 잠깐도 아니고 평생을 같이 살아야 할지도 모른다니. 나는 사색이 되었지만, "몰라, 네가 알아서 해"라고 대답해버리기엔 왠지 모를 책임감을 느꼈다. 그럼 이 고양이는 어떻게 되는 건가 싶은 생각에 걱정스러운 표정으로 내려다보자 미야, 미야 자그마한 소리를 냈다. 그 소리가 하도 귀여워 나도 모르게 눈을 마주쳤다. 푸른빛과 노란빛을 동시에 갖고 있는 예쁜 오드아이였다. 가만히 들여다보니 귀여운 구석이 있는 것도 같고. 우선 이 비실비실한 몸부터 어떻게 해야겠다 싶어 "나중 일은 모르겠고 일단 알겠어"라고 대답했다. 그 길로 곧장 집 앞에 있는 동물병원으로 달려갔다.

"제대로 돌봐주지 않았나 보네요. 아마 예방 접종도 안 했을 거예요. 흔한 일입니다. 생명이 아니라 그저 사고파는 물건으로 본 거겠죠."

이리저리 상태를 살펴본 수의사는 격양된 목소리로 말했다. 염려했던 것처럼 면역력이 많이 떨어진 상태였다. 가루약과 주사기를 챙겨주며 매일 정해진 시간에 영양제를 먹이라고 했다.

잠자는 동안 숨소리가 괜찮은지 살펴보라며 조금만 방심해도 상태가 나빠질 수 있다는 말도 덧붙였다. "그럴 일 절대 없어요"라고 확신에 찬 표정으로 대답한 그날, 나는 고양이에게 '하미'라는 이름을 지어줬다.

내 공간에 하미의 보금자리를 만드는 건 그다지 어려운 일이 아니었다. 강아지를 키워본 적이 있어 익숙한 손놀림으로 방 한켠에 자리를 만들었다. 그보다 어떻게 가까워질 것인가 하는 게 문제였다. 케이지에서 나온 하미를 가만히 지켜보고 있었더니 그 자그마한 발로 총총총 걸어와 내 무릎에 기대앉았다. 그르릉, 그르릉 생경한 소리가 들려왔다. 어디가 아파서 그런 건가 싶어 다시 병원으로 달려갔지만, 얼마 지나지 않아 고양이가 기분 좋을 때 내는 소리란 걸 알게 됐다. 의사는 어설픈 폼으로 하미를 안은 내게 "천천히 눈을 깜빡이는 게 고양이들이 교감하는 방법이에요"라는 말도 해주었다. 그것 말고도 알아둬야 할 것들이 많았다. 어떻게 대해야 할지, 어떤 걸 조심해야 할지 터득해가는 사이, 하미에 대한 애정도 무럭무럭 자라났다. 그렇게 우린 가족이 되었고, 나의 일상은 눈에 띄게 달라졌다.

집에 늦게 들어오는 날이면 거울 앞에 놓여 있던 화장품이

내동댕이쳐져 있기도 하고, 가죽 의자를 몽땅 뜯어놔 바닥 곳
곳에 잔해들이 나뒹굴기도 했다. 어두운 계열의 옷엔 온통 하
얀 털이 붙어 아침마다 전쟁을 치러야 했지만, 그건 별문제가
되지 않았다. 하루가 다르게 건강해지는 하미가 그저 고마울
뿐이었다. 조금 칭얼대긴 해도 집에 돌아온 후, 몇 분간은 품에
꼭 안겨 있어 주었고, 조금 까칠하긴 해도 꼭 머리맡에서 함께
잠들곤 했다. "그르릉." 소리를 내며 까끌까끌한 혀로 잠을 깨워
줄 때마다 전에 없던 행복감을 느꼈다. 그게 없으면 허전할 정
도였다. 고양이가 내는 그 기분 좋은 소리가 사람에게 긍정적
인 영향을 끼친다는 말을 들은 적이 있는데, 아마도 사실인 것
같았다. 스트레스를 받는 날이면 이따금씩 시달렸던 불면증도,
어김없이 눌렸던 가위도 거짓말처럼 사라졌다. 귀신은커녕 온
갖 나쁜 기운을 모두 쫓아주는 게 아닌가 싶을 정도로.

　　하미를 만난 후, 나는 세상에 있는 모든 고양이들과 사랑에
빠졌다. 거리를 걷다 우연히 마주치게 되는 날이면 한동안 발
을 떼지 못한 채 한참을 들여다본다. 허름한 가게 옆 담벼락에
서도, 커다란 자동차 밑 바퀴 옆에서도 나는 한 번이라도 그들
과 눈을 마주치려 애를 쓴다. 그땐 저 예쁜 눈이 왜 그리 무서워
보였을까. 이제 색안경 대신 안경을 들고 바라보게 된다. 구석

구석 자세히 더 오래오래 들여다보고 싶어서.

　'자세히 보아야 예쁘다. 오래 보아야 사랑스럽다.'

　비단 사람에게만 해당되는 말이 아닌가 보다.

너 라서 몰라

가능성이란 건, 우리가 다른 데 신경을 쏟는 사이
저만치 달아나버리기 쉬웠다.
제 시기를 기다리다 지쳐 떠나버린 것 같았다.

'잠깐이라도 보자'는 말을 좋아한다. 굳이 무언가 함께 하지 않아도 잠시 얼굴을 보는 것만으로도 좋은, 그 감정에 대한 숨 김없는 표현. 오랜만에 연락해온 그녀는 이번에도 이 말을 가 장 먼저 건넸다. '그래. 만나자'라는 말과 함께 나는 곧바로 시 간과 장소를 정하자고 했다. 직업 특성상 시간 맞추기가 쉽지 않은 우린 혹시 모를 변동에 대해 양해를 구했다. 다행히 이번 주말 업무는 비슷한 시간에 마무리 지어졌다.

"일은 어때? 재미있어?"

2년 전, 한 동아리에서 만난 그녀는 나와 같은 업계에서 일하고 있었다. 직군만 다를 뿐, 서로의 일상은 별반 다를 게 없었다. 바쁘게, 그리고 정신없이 지냈다. 하나의 프로젝트가 정해지면 오로지 그날만 보고 달릴 뿐, 시간이 어떻게 흘러가는지 모를 때도 많았다. 그런 이유로 나는 재미있긴 하지만, 잘하고 있는지는 모르겠다고 대답했다. 그녀는 시원찮은 대답에 잊고 있던 무언가가 떠올랐는지 눈을 동그랗게 뜨며 말했다.

"맞다, 언니. 우리 회사에 되게 멋있는 분이 계셔. 전에 얘기한 적 있나?"

15년 차 카피라이터라는 그분은 굵직굵직한 회사에서 경험을 쌓은 베테랑이었다. 딱 한 줄일 뿐인데, 읽고 나면 마음이 따스해지는 느낌. 글 구석구석에 온기가 담겨 있는 느낌. 그분이 아니면 절대 그런 글을 쓸 수 없을 거라고 했다. 그분이 가진 문체가 좋아 물어물어 회사로 찾아오는 사람들도 더러 있었다.

"몇 줄만 읽어보고도 누가 쓴지 알아차릴 정도가 되려면 얼마큼의 노력이 필요한 걸까."

나는 멍한 표정으로 말했다. 나로선 짐작이 가지 않는 일이었다.

"그러게. 자신만의 확고한 스타일을 만든다는 게 쉬운 일이 아닌데. 나는 다른 분야라 잘은 모르겠지만 그 일을 진심으로 좋아한다는 건 말하지 않아도 느껴져. 글을 쓰는 일이라면 뭐든 관심을 두시거든. 작년 여름에는 갑자기 시나리오 쓰는 걸 배우고 싶다고 곧바로 학원에 다니시더니, 그저께 직접 쓴 시나리오가 곧 영화로 나오게 될 것 같다고 하시는 거 있지. 배우는 단계까지 가는 것도 힘든데, 그만큼 실력을 쌓으셨다니 대단한 것 같아. 나는 회사 일 하나도 벅찬데."

그녀나 나나 빈틈없이 꽉 찬 하루를 보내고 있었지만, 정작 그 일들을 통해 성장하고 있는지는 확신할 수 없었다. 어떤 걸 채워야 할지, 어떤 걸 비워야 할지 구분하기도 어려웠다. 몇몇 선배들은 그런 내게 아웃풋보다는 인풋이 많아야 할 시기라고, 그게 꼭 일과 관련되지 않아도 좋으니 뭐든 넣어두라고 사뭇 진지한 얼굴로 말하곤 했다.

"네 나이 땐 고르지 말고, 뭐든 담아둬야 해. 바쁘다고 미루면 절대 안 된다. 네가 뭘 좋아하는지, 네가 뭘 잘할지는 해봐야만 알아. 그건 너 자신도 모르니까. 어쩌면 너라서 더 모를 수도 있어. 지금까지의 경험만 놓고, 이건 못할 거야, 이건 잘할 거야, 재게 될 테니까."

그 말을 들을 때면 가슴에 다시 불씨가 일었지만, 그때뿐이었다. 배우기도 전에 겁을 먹거나 확인해보기도 전에 뒷전이 되거나. 흐지부지되는 게 태반이었다. 최근에 다시 마음먹고 다니기 시작한 논평 수업도 보름을 채우지 못하고 그만둔 나였다. 퇴근을 하지 못해서. 회사 일이 너무 많아서. 수십 가지 핑계를 댈 수 있었지만, 부끄러움 없이 말할 수 있는 건 단 한 가지도 없었다.

"에이, 언니만 그런 거 아니야. 나도 반년 째 미루고 있는 게 있거든. 근데 이렇게 언니한테 꼭 배울 거라고 말해두면 책임감을 갖고 하게 되지 않을까? 속으로 '해야지, 해야지' 마음먹는 것보다 가까운 사람에게 '할 거다, 할 거다' 이야기해두는 게 훨씬 효과가 좋대. 그 카피라이터분도 그러셨고. 나 진짜 배워볼까 봐. 이번에는 꼭!"

그녀는 가까운 시일 내에 도자기 굽는 걸 배워보고 싶다고 했다. 평소 조그만 손으로 뭔가 만드는 걸 좋아했던 터라 무척 잘 어울리는 일이라고 생각했다. 네가 빚게 될 도자기는 어떤 모양일까. 그 일은 네게 어떤 변화를 가져다주게 될까. 벌써부터 궁금했다.

"그분처럼 나만의 문제가 있었으면 좋겠어. 처음으로 '저런 글을 쓰고 싶다'는 생각이 들게 했던 분도 그런 말씀을 하셨거든. 장르와 관계없이 뭐든 한 페이지씩 꽉 채워 써보라고. 대신 하루도 거르지 말고 매일 써야 한다고. 쉽지 않은 것 같아. 꾸준히 도전하고, 부지런히 해나간다는 게."

가능성이란 건, 우리가 다른 데 신경을 쏟는 사이 저만치 달아나버리기 쉬웠다. 시도조차 해보지 못한 채, 훌쩍 지나가버린 것은 제 시기를 기다리다 지쳐 떠나버린 것 같았다. 내가 어떤 걸 좋아하는지 채 깨닫기도 전에, 그녀가 어떤 걸 해낼 수 있을지 채 보여주기도 전에.

그날, 나를 스쳐 지나간 크고 작은 가능성을 떠올려보았다. 그리고 다시 마음을 먹었다. 마흔이 훌쩍 넘은 나이에도 몇 번이고 가슴 뛰는 것을 찾아 떠나는 그분처럼 나도 몰랐던 나를 발견해보기로.

동생은 이번 달, 첫 수업을 듣기 시작했다. 황토빛 어여쁜 도자기를 빚는 그 수업을.

유 일 한 조 언

생각이 정리되고 나면 키보드에 손을 올리고,

가만히 선배의 말을 떠올려본다.

"멋진 글 말고 잘 읽히는 글, 특이한 글 말고 자연스러운 글."

"언제든 괜찮아요. 가능한 날짜 두세 개 정도 얘기해주면 그 때로 맞출게요. 다만, 제가 야근이 좀 많아서 그런데 혹시 저희 회사 근처에서 봐도 될까요?"

문자를 보내고 얼마 되지 않아 선배로부터 곧바로 답장이 왔다. 얼굴 한 번 본 적 없지만, 불쑥 만나고 싶다는 나의 문자에 흔쾌히 알겠다는 대답이 돌아왔다. 대부분의 사람들이 반대하는 길을 내 의지만 믿고 가도 될지 수없이 고민하던, 어느 무더운 날이었다.

양재역 근처에 있는 회사는 늦은 시간임에도 모든 층의 불이

켜 있었다. 피곤한 기색이 역력한 사람들이 터덜터덜 힘없이 건물을 빠져나오고 있었다. 그 사이로 한 남자가 걸어왔다. 반짝반짝, 빛나는 눈빛을 가진 선배였다. 그는 "어떤 거 좋아해요?"라고 물었고, 나는 면 종류라고 대답했다. 우리는 근처에 있는 자그마한 쌀국수집으로 향했다.

"처음엔 아트디렉터로 입사했는데, 후배님처럼 늘 글을 쓰고 싶단 생각이 있었어요. 그래서 시안을 가져갈 때마다 카피까지 모두 적어갔죠. 그걸 지금 팀장님이 좋게 봐주셨는데, 하루는 이런 말씀을 하시더라고요. 정말 카피라이터가 되고 싶으면 정식으로 다시 시험 보고 들어오라고."

이대로 연차가 쌓이면 카피라이터로 전향하는 게 어려워질 거라 판단한 선배는 다시 시험을 치러 재입사했다. 덤덤한 말투로 그 과정을 이야기했지만, 쉽지 않았으리라는 건 굳이 설명하지 않아도 알 수 있었다.

당시 세상을 떠들썩하게 만들었던 카피를 쓴 장본인이었기에 곧이어 화려한 성공담을 들려줄 줄 알았는데, 오히려 그 부분에 대해선 조심스러운 모습을 보였다. 수많은 가능성을 가진 후배에게 선뜻 조언해주기가 꺼려진다는 게 이유였다.

"하고 싶은 일이라면 꼭 해봐요. 계속 생각이 나면 해봐야죠.

전 그랬거든요. 안 하는 것과 못하는 것은 큰 차이가 있으니까. 그것 말고는 제가 해드릴 말이 없는 것 같아요."

그날 회사로 돌아가는 선배의 뒷모습을 보며 생각했다. 아예 불가능한 일은 아니구나. 그래, 그렇담 됐다.

한 번의 여름이 더 지나고, 가을이 찾아왔다. 나는 기다리던 연락을 받자마자 선배의 얼굴이 떠올랐다. 우린 가로수 길에서 다시 만나기로 했다. 잠깐씩 얼굴을 보긴 했지만, 이렇게 여유롭게 식사를 하는 건 오랜만의 일이었다. 그날도 선배는 한식을 먹고 싶다는 내 말에 어느 정갈한 밥집으로 안내했다. 식사 시간이 조금 지난 때라 가게 안은 무척 한산했다.

"잘됐네. 꼭 하고 싶어 하던 일이잖아. 해봐야지, 그럼. 업무량도 많고, 야근도 많겠지만 재미있을 거야. 그 시기엔 뭐든 즐거우니까."

그의 말이 아니었더라면 존재하지 않았을지도 모를 오늘을 나는 마음 깊이 감사하고 있었다. 단 한 번도 본 적 없는 누군가에게 연락을 하는 것도, 처음 본 자리에서 마음에 담아둔 고민거리를 털어놓는 것도 쉬운 일은 아니었지만, 잘했다는 생각이 들었다. 고맙다는 말을 전하자 선배는 자신의 몫이 아니라며 멋쩍은 미소를 지었다. 이룬 것에 비해 늘 겸손한 태도를 보이는 게 선배를 좋아하는 이유이기도 했지만, 그날은 묻고 싶었다. 당신의 길을 좇아가는 후배에게 해주고 싶은 말은 무엇인지.

그는 한참 생각에 잠겨 있다 몇 년 전에 있었던 에피소드를 들려주었다. 매일같이 반복되는 회의에서 매번 긴장하게 되는 순간이 있는데 자신이 쓴 글을 팀원들에게 꺼내 보여줄 때라고 했다. 그건 과거에 겪은 한 기억 때문이기도 했다. 몇 날 며칠을 고민한 카피를 펼쳐 보였는데, "이게 무슨 말이야?" 그 의미를 되물었던 그때 그 기억. 이후 선배는 카피를 보여줄 때마다 신입처럼 바짝 긴장하게 된다고 했다.

"그때가 가장 부끄러웠어. 귀까지 새빨개지는 느낌이었지. 나혼자 알아들을 수 있는 글을 쓴 거니까. 우린 혼자 보는 일기를 쓰는 사람들이 아니잖아. 카피라이터든 작가든 글을 쓰는 사람이라면 누구든 쉽게 이해할 수 있는 글을 써야 한다고 생각해. 멋진 글 말고 잘 읽히는 글, 특이한 글 말고 자연스러운 글. 이걸 새겨뒀으면 좋겠네."

선배는 확신에 찬 표정으로 말했다. 쉬운 것 같으면서도 어려운 일, 당연하지만 지키기 어려운 일이었다. 한 번에 이해할 수 없는 복잡한 구조의 글이 잘 쓴 글이라 생각한 때가 있었다. 반복해서 읽어야 어렴풋이 그 의미를 알 수 있는 글이 수준 높다 느낀 때도 있었다. 하지만 그것보다 중요한 건, 어떻게 하면 상대에게 잘 전달될 수 있을지에 관한 부분이었다. 글을 쓰는 데 그보다 더 중요한 건 없는 것 같았다.

나는 백지와 마주할 때면 눈을 감고 생각한다. 그 생각이 정리되고 나면 키보드에 손을 올리고, 가만히 선배의 말을 떠올려본다.

"멋진 글 말고 잘 읽히는 글, 특이한 글 말고 자연스러운 글."

그건 내가 무언가를 쓰기에 앞서 매번 떠올리게 될 선배의 유일한 조언이었다.

산 책

두 분의 곁을 지나치는 사람들은

한 번씩 꼭 잡은 두 손을 바라보았다.

그 평범하고도 어려운 것을 마음 깊숙이 새겨놓듯이.

사람들의 시선이 일제히 한 곳을 향했다. 지하철역을 빠져나온 사람도, 바삐 걸음을 옮기던 사람도 우뚝 선 채 같은 곳을 바라보고 있었다. 시선이 모인 곳엔 마주 선 젊은 커플이 있었다.

둘은 아무 말 없이 서로를 응시했다. 얼굴이 빨갛게 달아오른 남자는 작은 소리로 중얼거렸고, 그 말이 끝나기가 무섭게 여자는 앙칼진 어떤 말을 남긴 채 돌아서 버렸다. 사람들은 모른 척 힐끔힐끔 그 광경을 지켜보고 있었다. 나는 그들 틈을 비집고 나와 집을 향해 걷기 시작했다. 여자가 발걸음을 돌린 곳과 같은 방향이었으므로 본의 아니게 그들의 싸움을 계속 지켜봐야만 했다.

"한두 번도 아니고, 이게 몇 번째야."

"미안하다고 했잖아. 오랜만에 만난 건데 너는 꼭 그렇게 미운 말만 골라서 해야겠냐."

둘은 승강이를 벌이며 걷다 멈췄다 반복했다. 발걸음을 재촉해 그들을 지나쳐버려야 할지, 지나갈 때까지 잠시 기다려야 할지 난감했다. 오래된 연인처럼 보이는 그들은 또다시 같은 문제에 봉착한 것 같았다. 점점 더 언성이 높아지는 걸 보니 이미 주변 시선까지 모두 잊어버린 듯했다. 저 연인들이 해결하지 못한 한 가지 문제는 무엇일까 궁금했지만, 서둘러 그들을 지나치기로 했다.

'키를 어디에 뒀더라.'

걸음을 재촉한 덕에 생각보다 일찍 단지 안으로 들어섰지만, 입구키를 두고 와 별수 없이 누군가를 기다려야 할 처지가 되었다. 경비 아저씨도 자리를 비우셨는지 보이지 않았다. 결국 입구 앞 작은 벤치에 앉아 기다리기로 했다. 그 옆엔 20년도 더 된 웅장한 나무 한 그루가 있었다. 언제 초록빛으로 물들었는지 생기 가득한 잎을 길게 늘어뜨리고 있었다. 속이 비치는 얇은 커튼처럼 하늘하늘 바람에 따라 흔들렸다.

내가 고개를 젖혀 나무를 바라보는 동안 벤치 가까이 노부부 한 쌍이 걸어오셨다. 두 분을 발견한 내가 서둘러 몸을 옮겨 자리를 만들자 나무만 잠깐 보러 온 거라며 편하게 앉아 있으라고 말씀하셨다. 두 분은 나무 앞에 멈춰 선 채 도란도란 이야기를 나눴다.

"이 나무도 잎이 가득하네. 오늘 산책하기 좋을 거라더니 당신 말이 딱 맞아."

할아버지는 조금 전의 내 모습처럼 나무를 이리저리 훑어보셨다. 한 잎 한 잎을 정성스럽게 두 눈에 담으시는 것 같았다. 할머니도 고개를 끄덕이며 같은 곳을 바라보셨다. 이 웅장한 나무처럼 꽤 오랜 시간 이 동네를 지키고 계신 모양이었다. 두 분의 시선은 한동안 같은 곳에 머물다 다시 서로를 향했다.

"이 길로 가는 게 좋죠? 저 뒷동까지 쭉 돌아서 갑시다."

말이 끝나자마자 할머니는 할아버지의 손을 꼭 붙잡았다. 그러곤 한 발 한 발 서로의 보폭에 맞춰 걸었다. 천천히 동네를 거니는 두 사람의 그림자가 내게서 조금씩 멀어졌다. "당신 말이 맞네." "당신은 이 길을 좋아하지?" 서로를 향한 다정한 말투가 두 분의 지난 시간들을 떠올려보게 했다. 40년 가까이 함께 하는 동안 참 많이도 부딪히고 넘어지셨겠지. 그 싸움의 끝엔 언제나 저렇게 두 손 꼭 붙잡고 이 거리를 거닐지 않으셨을까. 조금 전 마주친 어린 연인이 두 분의 뒷모습을 우연히 마주치게 된다면 좋겠다고 생각했다.

"나이 드신 분들이 손 꼭 붙잡고 걸어가시는 모습은 젊은 부부들의 그것과는 완전히 다른 느낌이야. 아직 일어나지 않은 미래도 구체적으로 그려보게 되는 것 같아. 나와 그 사람도 저 두 분과 같을 수 있을까 생각하면서."

오늘처럼 산책하기 좋은 어느 날이었다. 친구와 나는 앞서 걷고 있는 노부부를 바라보고 있었다. 잘 익은 토마토를 손에 들고, 딱 1시간만 저렴한 가격에 모신다는 채소가게와 싱싱한 해산물이 빈틈없이 깔려 있는 생선가게, 아이들이 도통 입구를 떠나지 못하는 불량 식품가게까지. 온갖 가게들이 다닥다닥 붙어 있는 좁은 골목을 느릿느릿 걷고 있던 두 분은 세상과 어느 정도 거리를 둔 채, 둘만의 공간에 살고 있는 것 같았다.

전보다 선명하게 들을 수 없는 탓인지 더욱 가깝게 서로의 귀에 다가갔고, 사람들이 복잡하게 엉켜 있는 곳일수록 서로의 손을 꼭 붙잡았다. 그 모습을 먼발치에서 바라보고 있던 건 우리 둘만이 아니었다. 거리를 지나던 사람들이 다투는 연인을 물끄러미 바라보았듯, 두 분의 곁을 지나치는 사람들은 한 번씩 꼭 잡은 두 손을 바라보았다. 그 평범하고도 이루기 어려운 것을 마음 깊숙이 새겨놓듯이.

"내가 파파할멈이 돼도 이렇게 손 꼭 붙잡고 걸어줘야 해."

그날 저녁, 함께 산책을 하던 그에게 나는 나지막이 말했다. 선선한 바람이 불 때면 처음 만난 이 동네를 함께 거닐곤 했다. 가벼운 옷차림에 슬리퍼를 신고 그날그날 발길이 닿는 곳을 향했다. 멈추고 싶으면 멈추고, 다시 걷고 싶으면 걸었다. 이 소소한 일상이 멈추지 않고 계속된다면 그게 행복이 아닐까 생각했다. 그는 대답 대신 내 손을 꼭 붙잡았다.

우 리 사 이 에 필 요 한 것

같이 있고 싶을 때 같이 있자 말하는 것,

보고 싶을 때 보고 싶다 말하는 것.

우리 사이에 다른 건 필요하지 않았다.

나는 혼자 있게 해달라고 했다. 정말 그랬으면 좋겠냐는 또한 번의 질문에도 내 대답은 달라지지 않았다. 그는 눈도 마주치지 않는 나를 물끄러미 바라보다가 결국 알겠다는 말을 남긴 채 주섬주섬 짐을 챙겨 일어섰다.

"같이 있고 싶지만 네 마음이 그렇다면 그렇게 할게. 전화 줘. 기다릴게."

그는 내 말을 곧이곧대로 들었을 뿐인데, 나는 그런 모습이 고맙기보단 야속했다. 가란다고 정말 가는 건 아니겠지. 당시의 나는 정말로 삐딱했다. 이기적이어도 너무 이기적이었다. 말하지 않아도 알아주는 게 당연하다고 생각했다.

그때가 떠오른 건 의외의 순간이었다. 퇴근 준비를 하던 내게 선배는 그러지 말았어야 했다며 나무랐다.

"진짜 혼자 두고 왔어? 속마음은 그게 아닐 텐데."

진짜 속마음? 나는 물끄러미 선배를 바라보며 생각했다. 날씨 때문인지 사람들은 일찌감치 회사를 빠져나간 상태였고, 넓은 사무실엔 우리 둘뿐이었다.

"확실히 대답해드리긴 어렵지만, 무슨 일이 있는지 도와줄 건 없는지 같이 이야기해보면서 푸는 것도 한 방법일 수 있다고 했어요. 그래도 혼자 생각을 정리하고 싶다고 하더라고요. 미안하지만 지금은 누가 옆에 있어 주는 게 더 짐이 되는 것 같다고."

사실이었다. 무슨 이유인지 기분이 좋지 않은 동기가 주변의 걱정에도 아랑곳하지 않고 종일 혼자 있고 싶단 말만 반복했다. 정말 혼자 있고 싶은 걸까. 선배의 말대로 그 생각을 하지 않았던 건 아니었다. 감정표현에 있어 삐딱선을 타본 나였으니 그 마음을 모를 리 없었다. 굳이 그 말을 하지 않아도 곁에 있어 주길 바라는 게 아닐까도 생각했다.

하지만 동기와 이야기를 나눠본 나는 혼자만의 시간이 필요하겠다는 결론을 내렸다. 바람을 쐬고 오겠다는 그녀에게 신경 쓰지 말고 천천히 다녀오라는 말을 해주는 게 나의 역할인 것 같았다.

"같이 있고 싶은데 말을 못 한 거지. 혼자 있고 싶은 사람이 어디 있겠어. 안 되겠다. 내가 전화 한번 해볼게."

선배는 서둘러 전화를 걸었다. 뚜르르, 뚜르르, 신호음이 울리는 동안 그의 얼굴이, 그 날의 기억이 생생히 떠올랐다. 연이은 배려에도 일관된 표정으로 싫다고만 했던 나. 어찌할 바를 모른 채, 그런 나를 바라보고만 있던 그. 그를 위해서도 나를 위해서도 그러지 말았어야 했는데.

시간이 흐른 뒤에야 알았다. 그게 우리 사이에 아무런 도움이 되지 못한다는 걸.

"있는 그대로 전달해도 모자라는 마당에 속마음까지 알아주길 바라는 건 욕심 같아. 알아채지 못한다고 화를 내는 건 말할 것도 없고. 나도 그런 적이 없었던 건 아니야. 겪어봤으니 알지. 지금 드는 생각을 그냥 말하기만 하면 되는 거였는데, 왜 그렇게 빙빙 돌려 말해야 했나 싶어. 감정소비였어."

조언을 구한 그는 매번 순간순간의 감정에 솔직한 사람이었다. 나와 같은 경험이 있다는 게 신기할 정도로 있는 그대로를 표현하는 사람이었다. 그도 겪어보며 알게 된 것 같았다. 당시엔 어떤 이유인지 알 수 없었는데, 먼저 감정을 드러내는 게 바보 같이 느껴졌다고. 상대방이 먼저 얘기해주지 않으면 꺼내놓고 싶지 않은 이상한 자존심 같은 게 있었다고.

말 그대로 정말 '이상한' 자존심이었다. 지금의 내 감정보다 결코 중요한 게 아니었는데. 사람과 사람 사이에서 먼저 감정을 드러내는 게 왠지 지는 것 같은 때가 있었다.

"답답하면 연락 줘, 언제든지."

나는 회사를 빠져나오며 문자를 적었다. 상대방의 진짜 마음이 무엇인지는 그 사람이 되어보지 않고서야 결코 알 수 없기에 줄곧 혼자 있고 싶다 했던 그의 말이 진심이라고 믿는 수밖에 없었다. 지나고 보니 그게 옳은 것 같았다. 내가 바라는 것과 당신이 바라는 것을 알아가는 과정에서 비비 꼬인 말들은 필요치 않았다. 이 감정을 어떻게 하면 잘 전달할 수 있을까 그것만이 필요할 뿐이었다.

같이 있고 싶을 때 같이 있자 말하는 것, 보고 싶을 때 보고 싶다 말하는 것. 우리 사이에 다른 건 필요하지 않았다.

퇴사의 이유

행여나 그만두고 싶어지더라도

다시 한 번 생각해보게 만드는 이유.

나는 지금 누군가에게 그런 이유가 되어주고 있을까.

동료가 퇴사했다. 3개월 인턴 기간까지 합쳐도 1년이 채 안 되는 짧은 시간이었다. 같은 해에 입사했다는 공통점이 있긴 했지만, 경력도 꽤 차이가 날뿐더러 부서 간의 거리도 있어 이야기를 나눠본 적이 거의 없었다. 그런 그와 유일하게 마주치는 순간은 출근길에 엘리베이터를 기다릴 때였다. 단둘이 타게 되는 날엔 "언제 밥 한번 먹어야죠"라며 기약 없는 약속을 했다. 그 말은 그에게도, 나에게도 조금이나마 거리감을 좁히기 위한 살가운 인사에 불과했다. 입사한 지 이제 겨우 1년. 함께할 시간이 많이 남아 있을 줄 알았다.

"수현 씨, 실은 저 1주일 뒤에 그만두게 됐어요."

회사 생활 잘한다는 말을 자주 듣는 사람이었던 터라 퇴사의 이유를 쉽게 떠올리지 못했다. 그간 무슨 일이 있었나. 누구보다 잘 적응하고 있다고 생각했는데. 왠지 단둘이 이야기를 나누는 게 이번이 마지막이 될 것 같아 이유를 묻고 싶었지만, "아쉽다, 결국 밥 한 번 못 먹고 헤어지네요"라고 대답했다. 그것까지 묻기엔 여전히 먼 사이 같았다.

그렇게 1주일 만에 그의 자리가 정리됐다. 몇 개월밖에 함께하지 않은 나조차도 섭섭함이 느껴질 만큼 말끔하게.

"그 친구, 사수 있었잖아. 그 사람의 모습이 자신의 10년 뒤라고 생각하니까 미련 없이 그만두고 싶어졌대. 그게 가장 큰 이유였다더라."

보름이 훌쩍 지나고서야 듣게 된 이유였다. 그의 사수였던 분은 이름만 들어도 분주한 발걸음, 한쪽 손에 서류를 잔뜩 든 모습이 가장 먼저 떠오르는 사람이었다. 첫 출근 날, 간단한 오티조차 줄 시간이 없어 페이퍼로 대신했던 기억이 났다. 몇몇 사람들의 말에 의하면 가장 일찍 출근하고, 가장 늦게 퇴근하는 사람이지만, 그게 부지런해 보인다기보단 안쓰러워 보이는 사람이라고 했다.

"너희도 가끔 그런 생각해보지 않아? 사수든, 팀장이든 그 사람이 내 미래가 된다면 어떨까, 하는 생각. 난 지금껏 세 군데에서 일해봤는데, 10년 뒤엔 저렇게 되고 싶다는 생각이 든 사람은 딱 한 명밖에 못 만났어. 그런 생각이 드는 게 흔한 일이 아니야. 단지 그의 삶이 부럽다는 정도가 아니라 뭐랄까. 꿈이나 동경 같은 거라고 해야 맞을 거 같아."

나도 그가 말하는 꿈만 같은 삶을 본 적이 있었다. 인턴 시절에 만난 그분은 일에 대한 강한 프라이드를 가지고 있었다. 그를 바라보는 존경 어린 시선도 많았다. 주위를 채우고 있는 모든 것들이 그의 삶을 동경하게 만들었다. 내가 그 연차가 된다면, 꼭 그분과 같은 모습이고 싶었다.

하지만 그 반대의 경우는 조금 생소했다. 결코 되고 싶지 않은 모습이라니. 만약 그 대상이 내가 된다면 어떨까. 나는 그 말에 크게 상처받을 것 같았다. 실제 나의 삶이 그렇지 않다 하더라도, 그건 말로 표현하기 어려울 쓰디쓴 감정일 것 같았다.

"일은 재미있지만, 후회는 안 해요. 조금도 미련 없어요."

그땐 알아차리지 못했던 동료의 미세한 표정, 무슨 의미인지 잘 알지 못했던 단어들이 머릿속을 스쳐 지나갔다. 그의 말 뒤엔 '그렇게 살고 싶지 않다'는 확고한 생각이 숨겨 있던 것 같았다. 제대로 된 대화를 나눠본 적도 없는 사람이지만, 하루 종일 그의 지난날을 떠올려보게 됐다. 팔을 걷어붙인 채 열심히 서류를 들여다보던 모습, 사무실에 들어서기 전, 다시 한 번 옷매무새를 고치던 모습. 그날, 그의 입에서 흘러나온 말들과는 너무도 어울리지 않는 모습들이 잔상처럼 남아 한동안 사라지지 않았다.

누군가가 꿈꾸는 대상이 된다는 게 결코 쉬운 일은 아니지만, 그래도 함께 일하는 누군가의 모습이 회사를 떠나는 이유가 되기보단, 더 오래오래 머물고 싶은 이유가 되어준다면 좋겠다. 행여나 그만두고 싶어지더라도 다시 한 번 생각해보게 만드는 이유.

나는 지금 누군가에게 그런 이유가 되어주고 있을까.

서른 번째 꽃비

분홍빛 미소를 짓게 만드는 저 눈부신 꽃비를

무심히 지나치며 살지 않는다면,

아무래도 괜찮을 것 같았다.

종일 꽃비가 내렸다. 놀이터 앞에 옹기종기 모인 아이들은 분홍빛 꽃잎을 모으며 한참을 놀았다. 이제 겨우 서너 번째 봄을 맞이했을 꼬마는 푸른 새싹을 보고도 까르르 숨이 넘어가게 웃었다. 저 때는 뭐든 새롭겠지. 나는 흔하디흔한 것을 바라보는 아이의 반짝이는 눈이 신기했다.

"자, 여기 봐봐, 여기. 아유 예쁘다, 우리 딸."

아이의 곁에 선 아빠는 쉴 새 없이 카메라 셔터를 눌렀다. 조금이라도 더 선명하게 딸아이의 모습을 담아두고 싶은 모양이었다. 나는 바람을 쐬러 나온 것도 잊은 채 두 부녀를 한참 바라보았다. 미세 먼지 농도가 높으니 외출을 삼가라는 기사가 잔뜩 올라왔지만, 실내에만 머물기엔 너무도 아까운 날씨였다.

"오늘은 걸어갈까 봐. 조심해서 들어가, 언니!"
생각보다 일찍 퇴근하게 되자 회사 동생은 일부러 먼 길을 돌아가겠다고 했다. 평소 텅 비어 있던 거리도 그날은 운동하는 사람들로 가득했다. 나도 집까지 걸어갈까 생각하던 찰나, 얼마 전 이사한 사실이 떠올랐다. 나는 인사를 나눈 후, 익숙하지 않은 정류장을 향해 발걸음을 옮겼다.
먼발치에는 이어폰을 귀에 꽂은 채, 벚꽃을 구경하는 사람들이 보였다. 평소 무뚝뚝하기만 한 그들의 입가에도 웃음이 번져 있었다. 모두 이 봄을 기다리고 있던 모양이었다. 나는 그 틈을 비집고 들어가 버스 노선을 살펴보았다.

내가 탄 502번 버스는 생각보다 꽤 먼 길을 돌아갔다. 집 앞까지 가긴 하지만, 거쳐 가는 정류장만 10개가 넘었다. 출발지와 목적지만 확인한 게 실수였다. 그냥 갈아탈까 생각하다 가장 뒷자리로 옮겨 갑자기 생긴 여유를 즐겨보기로 했다. 출근하는 것도 아니고, 어차피 집에 가는 건데 뭐. 버스는 집에서 점점 더 멀어지고 있었지만, 목적지는 정해져 있었다. 이어폰을 꽂고 노래를 고르는 동안, 버스는 옛 추억이 담긴 장소에 가까워지고 있었다.

'와, 여기가 이렇게 예뻤나.'

반쯤 열어둔 창문 틈으로 꽃비가 새어 들어왔다. 20대 중반, 무언가에 항상 쫓기며 살았다 생각되는 그때, 10개월이라는 시간을 보낸 곳이었다. 서울역에 내려 건물이 있는 곳까지 매일 이 길을 지나쳤는데, 이토록 예쁜 벚꽃을 본 기억은 없었다. 몇 년 사이 갑자기 생긴 건 아닐 텐데. 스르륵 다음 정류장으로 몸을 기울이는 버스에서 정신없이 건물 안으로 뛰어들어가던 그 시절의 나를 보았다. 한 번밖에 없었을 그때의 봄. 매일같이 실수를 할까 봐 마음 졸이는 사이 그냥 흘려보낸 것들이 너무도 많은 것 같았다.

"아가씨, 내가 다시 아가씨 나이로 돌아갈 수 있다면 신랑 손 잡고 실컷 벚꽃 보러 다닐 거야. 우리 신랑도, 나도 일만 하느라 그 좋은 것들은 그냥 흘려보냈거든. 요즘은 시간만 나면 바깥 구경하러 나가는데, 그때랑은 느낌이 달라. 그 나이에만 느낄 수 있는 것들이 있잖아. 얼른 머리 자르고 꽃구경 다녀와요. 밤인데도 불을 켜놓은 것처럼 눈 부셔."

지난주 머리를 다듬어주신 미용실 아주머니의 말이 떠올랐다. 따뜻해진 날씨, 긴 머리를 자르고 싶단 순간적인 생각에 무작정 들어간 곳이었다. 그곳엔 나보다 더 소녀 같은 분이 계셨다. 스무 살에 처음 미용일을 시작해 마흔이 훌쩍 넘은 나이까지 같은 일을 하고 계시다는 아주머니는 딸과 아들 이야기를 한참 하시다 문득 창밖을 바라보며 말씀하셨다. 어둑어둑해진 거리엔 수많은 사람들이 바쁜 걸음을 옮기고 있었다.

"저 때는 모르지. 하기야 지금도 잘 모르는데."

아주머니는 내 어깨에 묻은 머리카락을 털어내며, 혼잣말로 중얼거리셨다. 머리를 다듬고 나온 나는 근처에 있는 시장을 조금 걷기로 했다. 걷다 보니 어느새 저 멀리 공원까지 발길이 닿았다. 왠지 그날은 그래야만 할 것 같았다.

"뭐 하러 그렇게 돌아갔어. 건너편에서 탔으면 더 빨리 도착했을 텐데."

예상보다 늦게 도착한 내게 그는 무슨 일이 있었는지 물었다. 나는 멍한 얼굴로 "그냥"이라고 대답하며, 신호등 앞에 섰다. 흐드러지게 핀 벚꽃이 또다시 나를 맞이하고 있었다. 그 모습을 보니, 문득 이런 생각이 들었다.

우리가 매일 타고 내리는 저 버스처럼 목적지가 정해져 있어도 괜찮고, 설령 그런 게 없다 해도 괜찮지 않을까. 빠른 속도로 달려 봐도 좋고, 어딘가에 잠시 앉았다 가도 좋고, 누군가와 함께이거나 혼자이거나 둘 중 어떤 것이라도 괜찮지 않을까.

연세 지긋하신 할머니도, 까르르 웃던 그 자그마한 아이도 분홍빛 미소를 짓게 만드는 저 눈부신 꽃비를 무심히 지나치며 살지 않는다면, 아무래도 괜찮을 것 같았다.

보고도 보지 못하고

우리의 진심이 다치지 않도록 조심하고 또 조심하는 수밖에.

진심을 주고받을 만한 사람인지 살펴보고 또 살펴보는 수밖에.

내내 집에만 박혀 있던 그녀가 몇 주 만에 외출을 했다. 실감할 수 없는 이별을 겪은 후였다. 화창한 날씨에도 그녀 주위엔 온통 먹구름이 낀 것 같았다. 두 눈엔 순식간에 눈물이 고였다. 밤새 뒤척인 게 분명한 얼굴로 비슷한 말만 반복했다.

"그런 사람인지 몰랐어. 그렇게 착한 사람이 그럴 줄은."

그녀를 나는 아무 말 없이 바라보고만 있었다. 이별을 경험해본 적이 없는 것도 아니지만, 한때 열렬히 사랑했던 누군가를 무작정 나쁘게 말할 수도, 시간이 지나면 괜찮아질 거라고 무책임하게 위로할 수도 없었다. 그 어느 때보다 푹 빠져 사랑을 했던 그녀에게 어떤 위로도 건넬 수가 없었다.

그때, 옆에 있던 또 다른 친구가 내내 매만지고 있던 커피잔을 내려놓으며 입을 열었다.

"어떻게 들릴지 모르겠지만, 이 말은 꼭 해줘야 할 것 같아서. 그동안 너의 연애를 쭉 지켜봐 온 나로선 단서가 많았을 거라고 생각해. 보고 싶지 않았거나 눈여겨 보지 않았던 게 아닐까. 누군가를 믿지 못하겠다는 생각보다 앞으로 그 단서들을 놓치지 않기 위해 더 세심하게 봐야겠단 생각을 한다면 좋겠어. 쉽지 않은 일이겠지만, 넌 충분히 사랑받을 수 있는 아이잖아. 이번 일로 모든 걸 포기해버리진 않았으면 해."

친구의 눈빛엔 흔들림이 없었다. 쉼 없이 쏟아져 나온 말들을 곱씹어보고 있자니 얼마 전, 아빠가 해준 말이 떠올랐다.

누군가가 궁금해지기 시작하면, 그래서 더 많은 시간을 함께 보내고 싶어지면, 그의 다정한 말보다 무심코 하는 행동을 가만히 들여다보라고 했다. 이를테면, 함께 밥을 먹으러 갔을 때 모든 행동들을 한번 살펴보라고. 수저는 어떻게 놓는지, 음식은 어떻게 먹는지, 먹고 난 후에 정리는 어떻게 하는지. 그리고 가게 아주머니를 대하는 말투와 행동까지. 그러면 보이지 않던 것들까지 모두 볼 수 있게 될 거라고.

한때 단정한 모습이나 살가운 말투로 모든 것을 판단했던 나는 누군가를 만날 때마다 의식적으로 아빠의 말을 떠올렸다. 달콤함에 가려져 보지 못한 게 있지는 않을까 하는 마음 때문이었다.

붐비는 지하철 안에서의 표정이나 길을 거닐 때의 눈빛. 운전대를 잡은 손과 식사 중에 걸려온 엄마와의 통화. 친구의 말대로 단서는 무수히 많았을 것 같았다. 다만 사랑에 빠진 순간 눈이 멀어 놓치고 말았던 것이다. 그런 때일수록 우리는 세심히 들여다봐야만 했다. 나와 맞는 사람인지, 내게 적당히 맞추고 있는 사람인지.

집으로 돌아오는 길 내내 평생 누군가를 만나지 못할 것 같다던 그녀의 말이 목에 가시가 걸린 듯 아팠다. 정작 상처를 남기고 간 사람은 아무렇지 않게, 어쩌면 더 행복한 나날을 보내고 있을지도 모른다는 사실이 억울했다.

결국, 방법은 하나밖에 없는 것 같았다. 우리의 진심이 다치지 않도록 조심하고 또 조심하는 수밖에. 진심을 주고받을 만한 사람인지 살펴보고 또 살펴보는 수밖에.

그녀의 상처가 아물 수 있도록 부디 시간이 빨리 흘러가 주길 바랐다. 그 시간들을 견디고 나면 아문 상처가 덧나지 않을, 걱정 없이 다시 사랑에 빠질 수 있을 사람이 나타나 주길 바랐다. 작은 행동 하나에도 진심이 담기는 그런 사람이.

매일의 이별

우리는 남은 생애, 몇 번이나 더 보게 될까.

매일 몇 번의 만남을 놓치며 살아가고 있는 걸까.

5년에 한 번이라고 했다. 지금까지의 만남을 가만히 떠올려 보니 맞는 말인 것 같았다. 학창 시절 친구들이나 대학 동기, 함께 인턴을 했던 몇몇을 제외하곤 두 달에 한 번 얼굴 보기도 힘들었다. 결혼식 같은 중요한 일이 아니면 다같이 모이는 경우도 드물었다. 매일 붙어 다니던 누군가는 연락조차 닿지 않았고, 각자의 소식을 건너 건너 묻는 일도 적지 않았다. 그의 말대로 주위를 채우고 있는 사람들이 바뀌는 것은 대략 5년 주기인 것 같았다.

"언니, 이 모임은 왜 매번 이렇게 파투가 날까요?"

매주 화요일 저녁, 공공기관에서 함께 수업을 들었던 동생은 실망감을 감추지 못했다. 나는 불판 위에 익어가는 고기를 부지런히 뒤집으며 그러게, 라고 대답했다. 다 같이 모이면 여덟 명 정도 되는 무리에서 미리 잡아둔 약속을 지킨 건 동생과 나, 둘뿐이었다. 지난 모임에는 다른 두세 명이, 그전에 있던 모임에는 또 다른 두세 명만이 약속 장소에 나타났다. 수업 마지막 날, 맥주잔을 부딪치며 주기적으로 꼭 모이자고 약속했던 사람들이었기에 매주는 아니더라도 한 달에 한 번 정도는 볼 줄 알았다.

"다들 적응하기 바쁘겠지. 회식도 많고, 일도 많을 텐데. 너무 서운해하지 마."

나는 어떤 말이라도 해줘야 할 것 같아 오지 못한 사람들의 해명을 대신했다. 신입사원이라서, 취업준비생이라서, 일찌감치 결혼을 해서. 모든 일을 끝마치더라도 회사 눈치를 보느라 잠자코 앉아 있어야 했던 나도 그랬다. 우리에겐 각자의 이유가 있었다. 이 나이쯤 되면 자연스럽게 그렇게 되는 것 같았다. 그건 누구의 탓이라고 할 수 없는 부분이라 아쉬워도 그러려니 할 수밖에 없었다.

그렇게 여러 사람이 모이는 자리에서 서로에게 서운해하기를 여러 번, 우리는 이 빈번한 일에 조금씩 익숙해지는 듯했다. 누군가가 나오지 않아도 다음에 보면 되지, 하며 각자의 사정을 너그러이 이해해주었다. 그만큼 함께하는 시간은 줄고, 또 줄었다. 어떤 모임은 지극히 소수만이 모이는 자리가 되어버렸다. 이따금씩 SNS에 올라온 사진 한 장으로 서로의 안부를 확인하는 게 전부일 때도 있었고, 어떻게 살아가고 있는지, 어떤 고민이 있는지 그걸 꺼내는 것조차 불편한 사이가 돼버린 일도 있었다. 그저 잘 지내고 있구나, 각자의 인생을 짐작할 뿐이었다.

그래서 나도 괜찮은 줄 알았다. 헤어짐 앞에 덤덤한 사람이 될 수 있을 줄 알았다. 하지만 모임에서도, 회사에서도, 매일을 붙어 다니던 누군가와의 이별 앞에 전보다 더 많이, 더 자주 울적했다.

"언제든 보면 되지. 이제 따로 만나기도 편하고. 영원히 못 볼 사람처럼 왜 그래."

누구보다 자연스럽게 이 말을 할 수 있게 되었지만, 마음만은 그게 아니었다. 이렇게 모이는 게 어쩌면 마지막일지도 모른다는 생각 때문이었다. 없을 줄로만 알았던 경우를 직접 겪고 나니, 이 만남이 얼마나 지속될 수 있을지 염려스러웠다. 그건 생각보다 안타까운 일이었다. 때론 눈물이 핑 돌만큼 속이 상했다.

　일이 많아서. 피곤해서. 불편해서.
　우리의 이유가 늘어갈수록 함께할 기회는 적어진다. 그 기회가 줄어들수록 우리가 흔히 주고받는 '조만간'은 '영원한 조만간'이 되어간다. 당신과 나, 그리고 우리는 남은 생애, 몇 번이나 더 보게 될까. 우리는 매일 몇 번의 만남을 놓치며 살아가고 있는 걸까.

그 사람

그는 늘 혼자였지만 혼자인 것 같지 않았다.

세상 가장 외롭지 않은 사람 같았고,

나도 이 사람처럼 무언가에 흠뻑 빠질 수 있길 바랐다.

그 무렵, 거의 모든 일에 의욕이 없었다. 꾸역꾸역 밤새워 만든 과제물이 내동댕이쳐져도 어떤 감정도 일지 않았다. 이번에도 다시구나. 그럼 그렇지. 학생들은 모두 숨죽인 채 서로 눈치만 보고 있었고, 교수님의 미간은 도통 풀어질 기미가 보이지 않았다.

"다음 주까지 모두 다시 해오도록."

나를 포함한 대부분의 학생들은 다시 원점으로 돌아갔다.

"넌 그래도 보완수준이지, 난 새로 만들어야 될 판이야."

누군가는 어떤 부분을 수정해야 할지, 또 누군가는 어디서부터 어떻게 시작해야 할지 고민에 빠졌다. 저마다의 이유로 깊은 한숨을 내뱉었다. 나는 아무 말 없이 그들 뒤를 따라 걸었고, 우르르 건물을 빠져나오려는 찰나 한 학생의 말에 고개를 들었다.

"어, 그 사람이다."

그 사람. 이 한마디로 모든 설명이 가능한 그 사람이 교정 한가운데 홀로 서 있었다. 짙은 눈썹에 부리부리한 눈, 큰 키에 통통하지도 마르지도 않은 적당한 체격의 그 남자는 전교생이 다 알 정도로 유명했다. 들리는 소문에 의하면 연극과 실기시험에서 월등한 점수로 합격한 수재라고 했다. 항상 등 뒤에 '연극과'라는 문구가 적힌 과잠바를 입고, 허름한 슬리퍼를 신고 다녔다. 어느 날은 아무것도 신지 않은 맨발로 학교 구석구석을 돌아다니기도 했다. 그의 입 주위엔 항상 연극 대사가 맴돌았다.

"오늘도 연습하나 봐. 지치지도 않네."

"그러게. 맨날 혼자 있는 것 같지 않아?"

"왕따 아니냐는 말도 있던데. 저번엔 다른 과 학생들한테 말도 걸었대. 그 앞에서 연기도 하고, 춤도 추고. 좀 이상한 사람 같아."

우리 학교 학생들이라면 한 번쯤 겪어봤을 일이었다. 햇살 좋은 날, 멍하니 교정에 앉아 있던 내게도 말을 걸어온 적이 있었다.

"요즘 무용과 수업을 듣고 있는데 거기서 새로운 춤을 배웠어요. 안 바쁘면 잠깐 보고 갈래요?"

낯선 사람의 낯선 행동에 당황했지만, 결국 그 춤을 끝까지 보았다. 그것도 넋을 놓고 한참이나. 그토록 행복한 얼굴을 한 사람은 오랜만에 보는 것 같았다. 스스럼없이 말을 걸어오는 그를 이상하다 치부해버리는 사람들도 있었지만, 그들은 이 춤을 보지 못해서일 거라고 생각했다.

나는 그날의 춤을 떠올리며 천천히 걸음을 멈췄다. 무슨 이유인지 학교에 더 남아 있고 싶은 생각이 들었다. 원점으로 돌아간 과제들을 어느 정도 해놓고 가자 마음먹었다.

"얘들아, 먼저 가. 나 잠깐 강의실에 들러야 해서. 내일 보자."

입학하는 순간부터 그때까지 홀로 있어본 적이 거의 없던 나는 그렇게 텅 빈 강의실에서 2시간가량 작업을 했다. 신랄한 피드백을 받은 과제들을 이렇게 바꿔보기도 저렇게 바꿔보기도 했다. 달칵달칵 마우스를 움직이는 동안 창문 밖의 해는 점점 기울고 있었다.

팅. 팅. 팅.

얼마의 시간이 흘렀을까. 깜깜해진 창밖에서 생경한 소리가 들려왔다. 강의실 바로 앞에서 누군가가 공을 튕기는 소리 같왔다. 응? 이 시간에 누가? 대부분 7시 전에 스쿨버스를 타고 나갈 텐데. 잊고 있던 공포감이 한꺼번에 몰려왔다. 나는 서둘러 노트북을 챙겨 강의실을 나왔다. 그 순간 뒤쪽에서 낯선 목소리가 들려왔다. 나는 깜짝 놀라 자지러질 뻔했다.

"어, 내 춤 봤던 학생이네?"

그 사람이었다. 나는 놀란 가슴을 쓸어내렸다. 그의 손엔 배드민턴 채와 공이 들려 있었다.

"아, 그 소리였구나. 여러 가지로 사람 놀라게 하네요."

"몸이 근질근질해서 운동하러 나왔어요. 안 바쁘면 한 번 치고 갈래요?"

그날도 뜻밖의 말로 나를 당황시켰지만, 일전에도 그랬듯 정신을 차렸을 땐, 이미 배드민턴을 치고 있었다.

팅. 팅. 팅.

우리는 풀이 고르게 자란 곳에 자리를 잡고 배드민턴을 치기 시작했다. 일정한 간격의 소리가 교정 가득 울려 퍼졌다. 그 소리는 사방에 있는 벽에 세게 부딪히곤 웅웅웅 더 멀리까지 퍼져나갔다. 이름도 나이도 사는 곳도 몰랐지만, 서로에게 어떤 질문도 하지 않았다. 하지만 그것 하나만은 알 수 있었다. 이 사람은 말로 표현하기 어려운 강한 에너지를 가진 사람이라는 걸.

이런 사람이 무대에 서게 된다면 얼마큼의 감동을 안겨줄 수 있을까. 배드민턴을 치는 동안 그의 춤을, 노래를, 연기를 더 자세히 보고 싶어졌다.

그날도 그는 어느 연극 속 한 장면을 스스럼없이 보여주었다. 관객은 달랑 나 하나뿐이었지만, 그의 목소리와 손짓은 수십 수백 명 앞에서 연기를 하듯 진지했다. 그의 마지막 대사가 끝날 무렵엔 자리에서 일어나 박수를 쳤다. 다가올 그의 미래가 나는 무척이나 궁금해졌다.

"그 사람은 뭐할까?"

취업 후, 더 이상 학교에 갈 일이 없어진 우린 좀처럼 그 사람의 소식을 듣기 어려웠다. 주기적으로 보는 학교 동기도 그 사람의 근황을 궁금해했다.

"왠지 대학로 어딘가에 있을 거 같아. 벌써 4년도 더 지났지만, 어디선가 불쑥 그 모습 그대로 나타날 것 같아."

배드민턴 채를 들고 있던 그날처럼 갑자기 내 앞에 나타나지 않을까 하는 생각에 이따금씩 주위를 둘러보았다. 그의 영향인지 나는 한 달에 한 번 연극을 보러 다녔고, 눈앞에서 노래를 하고 춤을 추는 배우들을 볼 때마다 그의 얼굴을 떠올렸다. 졸업 전, 우연히 알게 된 그의 이름을 대학로에 붙은 포스터에서 찾아보기도 했다. 그게 내가 할 수 있는 유일한 일이었다.

그럴 때마다 의욕 없는 나날로부터 벗어나게 해준 그의 에너지를 더 많은 사람들이 느낄 수 있다면 좋겠다고 생각했다. 그건 내가 가지지 못한 동경의 것이었다. 혼자서는 결코 채울 수 없을 공간을 빈틈없이 가득 채웠던 그 기운. 그는 늘 혼자였지만 혼자인 것 같지 않았다. 누군가와 함께인 모습을 단 한 번도 본 적 없었지만, 세상 가장 외롭지 않은 사람 같았고, 나도 이 사람처럼 무언가에 흠뻑 빠질 수 있길 바랐다.

"이번 주말도 출근하게 됐어. 카페에서 글 쓰고 있을래?"

다시 찾아온 주말. 남자친구의 말에 나는 "응"이라고 대답했다. 전화를 끊자마자 서둘러 노트북을 챙겼다. 오늘은 뭘 쓰면 좋을까. 문을 나서는 순간부터 글감을 찾기 시작했다. 오늘 아침, 엘리베이터 문을 잡아준 아주머니가 좋을까, 버스에서 마주쳤던 뽀얀 얼굴의 여학생이 좋을까. 지난주에 만난 친절한 기사님도 괜찮을 것 같았다. 그러다 문득 그 사람 생각이 났다. 함께 배드민턴을 쳤던 그 밤. 셔틀 버스를 탄 내게 손을 흔들어주던 그 천진난만했던 사람. 인사를 하고 돌아선 순간부터 또다시 연극 대사를 읊기 시작한 그 남자에 대해 쓰고 싶어졌다. 나는 어디서부터 어떻게 써 내려가면 좋을까 생각하며 집 앞에 있는 카페로 향했다.

어디에서든 홀로 있기를 마다치 않는 나는 더 이상 외롭지 않았다. 다른 이의 시선도 크게 신경 쓰지 않았다. 춤을 추고 노래를 부르던 그 사람처럼 흠뻑 이 일에 빠져버릴 때면 매번 고마운 마음이 들었다.

지금 그 사람은 뭘 하고 있을까. 어디선가 맑은 목소리로 노래를 부르며 춤을 추고 있을까. 분명 또 다른 누군가에게 나와 같은 생각을 심어주고 있겠지.

이상형 발견하기

이따금씩 보이는 몇몇 모습들에

'어?' 싶은 순간들이 늘어나게 되면

시작된 거라고 봐도 좋을 것이다. 사랑이.

오지랖이 넓진 않지만, 소개팅 자리는 자주 만드는 편이다. 두 사람에게서 비슷한 면이 보이거나 잘 어울릴 것 같단 포인트를 발견하면 망설임 없이 "만나볼래?"라고 먼저 묻는다. 그렇게 연결된 사이가 큰 다툼 없이 오랜 연애를 하고 있어서이기도 하고, 그 과정에서 본인들이 몰랐던 면을 발견하는 게 신기해서이기도 하다. 여러모로 남녀 간의 만남은 지켜보는 것만으로도 흐뭇해지는 게 있다.

한 달 전에도 비슷한 일이 있었다. 지인을 만나 이런저런 이야기를 나누던 중 우연히 중학교 때부터 가깝게 지내 온 친구

이야기를 하게 되었다. 가만히 듣고 있던 지인은 군대 동기 중에 잘 어울릴 것 같은 사람이 있다 말했고, 곧바로 자리를 만들어보기로 했다. 단둘이 만나긴 부담스러워하는 성격들이니 술자리를 가장한 소개팅을 하자고.

그렇게 나와 내 친구 둘, 지인과 그의 군대 동기까지 다섯 명이 모이게 되었다. 생각보다 일찍 자리가 만들어졌다. 우리는 홍대 근처에서 간단히 식사를 하고, 근처에 있는 맥주집으로 자리를 옮겼다. "둘은 어떻게 아는 사이예요?" "어떤 일 하세요?" 처음 만난 사이에 흔히 주고받는 이야기를 나눴다. 분위기도 좋고 흐름도 좋았다. 지인은 잘될 거 같단 표정을 지어 보이며 둘을 의식한 게 분명한 질문을 던졌다.

"이쯤에서 각자 이성에게 반하는 포인트를 말해보는 건 어때요?"

대답을 채 들어보기도 전에 잔뜩 신이나 보였다. 내 친구는 제안한 사람부터 먼저 얘기해보라며 순서를 양보했다. 그는 1분도 지나지 않아 "여성스럽지 않은 모습을 보일 때요"라고 대답했다. 순간, 모두 의외라는 표정을 지어 보였다. 여성스러운 모습도 아니고 오히려 그 반대라니.

"지켜주고 싶을 만큼 가녀린데, 다, 나, 까로 끝나는 말투를 쓴다거나 어느 모임에서 리더십을 보여준다거나, 그런 모습에 반하게 되는 것 같아요. 저도 좀 이상한 포인트인 것 같긴 한데 그동안의 경험을 돌아보니 그러네요. 지금 만나는 친구도 여성 스러운 스타일과는 거리가 멀어요. 오히려 상남자스럽죠. 물론 외모는 여성스러운 걸 선호합니다만, 반전 있는 걸 좋아하나 봐요."

1년째 연애 중인 그는 여자친구 얘길 꺼내자마자 히죽히죽 웃기 시작했다. 말을 끝마친 그는 내게도 같은 질문을 했다. 이런 종류의 질문이 나올 때마다 항상 비슷한 대답을 하곤 했다.

"프레젠테이션 잘하는 남자."

내 이상형을 가장 잘 표현해주는 한 문장이었다. 그 자리에 있던 사람들은 이건 또 무슨 소린가 싶은 표정을 지었다. 누군 가는 소개팅으론 절대 못 만나겠다고 말했다. 소개팅이야 두세 번밖에 해본 적이 없어 이렇다 할 얘깃거리도 없었지만 순간, 지금 만나고 있는 사람이 그런 면을 가지고 있었나, 의문이 들 었다.

진취적인 사람, 자신감 넘치는 사람. 그런 사람이 이상형인 건 분명했지만, 실제 사랑이 시작되는 포인트는 조금 달랐다. 동아리 사람들끼리 MT를 갔을 때, 묵묵히 자기 일을 하던 모 습, 출출하단 후배들 말에 닭볶음탕을 뚝딱 만들어주던 모습,

심각한 일이 있어도 괜찮다 웃어넘기던 모습까지. 그런 일상적인 모습들이 차곡차곡 쌓여 반하게 됐다고 해야 맞을 것 같았다. 그러고 보니 PT는커녕 사람들 앞에서 간단한 발표를 하는 것조차 본 적이 없었다. 나서기보단 오히려 묵묵히 자리는 지키는 쪽에 가까웠다. 이런 생각지도 못한 포인트에 반하게 될 줄 몰랐다. 어쩌면 내가 가장 나에 대해 모르고 있는 것 같았다.

"둘이 만나게 될 줄 누가 알았겠어. 너희 되게 다르잖아. 성격도 그렇고, 성향도 그렇고. 네가 늘 이야기하던 이상형과도 거리가 멀고. 이래서 연애는 모른다니까. 어떤 포인트에 반하게 될지는 본인들도 몰라."

우리 둘의 연애 사실을 듣게 된 지인도 의외라는 반응을 보였다. 이상형이든 아니든 나는 그와 사랑에 빠졌고, 그가 가진 모든 면이 곧 이상형이 되었다. 그 안엔 생각지도 못한 포인트들이 훨씬 많았다. 이상형이란 찾는 게 아닌 발견하는 것에 가까운 것 같았다.

"이래서 소개팅이 어려운가 봐. 그동안 경험한 것들을 가지고 잣대를 들이대게 되니까. 맞다, 아니다 자꾸 따져보게 되잖아. 그것 말고도 매력적인 모습들이 많을 텐데. 내가 가진 기준만 놓고 보면 놓치게 되는 것들이 많은 것 같아. 어떤 포인트에 반하게 될지 모르는 건데. 이래서 다들 자연스럽게 만나는 게 좋다고 하나 봐."

집으로 돌아오는 길, 친구는 사뭇 진지해진 얼굴로 말했다. '자연스럽게 만난다는 것'이 의미하는 바는 편견 어린 시선을 모두 걷어낸 백지 같은 상태의 만남인 것 같았다. 이미 완성된 밑그림에 필요한 물감을 찾는 게 아니라, 어떤 밑그림을 그릴 것인가 하는 그 시작 단계. 소개팅이라고 해서 불가능할 것 같진 않았다. 내가 가진 잣대를 미련 없이 내려놓는다면 말이다.

그 사람의 본래 모습을 아무런 짐작 없이 그저 지켜봐 주는 것. 그 사람의 모든 면을 천천히 들여다보는 것. 그게 만남에 있어 가장 먼저 필요한 단계가 아닐까 싶다. 그러다 이따금씩 보이는 몇몇 모습들에 '어?' 싶은 순간들이 늘어나게 되면, 시작된 거라고 봐도 좋을 것이다. 사랑이.

#3

아무것도 아닌 것 같은 순간도
누군가의 기억 속엔 반드시 남는다.

사 라 지 지 않 는 것

추억은 모르는 사이, 마음속 어딘가에 선명히 남겨지나 보다.

사라져 버린 듯했지만, 언제고 우리 곁에 머물고 있었다.

같은 걸 주문할 게 뻔했지만, 괜스레 메뉴판을 들여다봤다. 연말을 맞이해 새롭게 출시된 음료들이 가득했다. 이것도 괜찮을 거 같고, 저것도 괜찮을 거 같아 이리저리 훑어보았지만, 결국 또 같은 것을 골랐다.

"안녕하세요. 저 라떼 한 잔 주시는데요."

"두유로 바꾸실 거죠?"

바리스타는 기다렸다는 듯 웃으며 대답했다.

"늘 같은 거 주문하시잖아요."

그 말에 나도 웃으며 "네, 그걸로 주세요"했다.

하기야 그럴 법도 했다. 매일은 아니더라도 주말에 꼭 한 번씩은 노트북과 읽다 만 책을 들고 이곳을 찾았으니. 높이가 딱 맞는 널찍한 책상이 좋아서이기도 했고, 유독 혼자 무언가에 몰두해 있는 사람들이 많아서이기도 했다. 도란도란 기분 나쁘지 않은 소음이, 정적이 흐르는 집보다 도움이 될 때도 있었다. 주문한 라떼가 나오면 꼭 외부가 훤히 보이는 자리에 앉곤 했는데, 그곳은 어떤 건물이 새로 생겼는지 또 어떤 가게가 없어졌는지 알 수 있는 자리였다.

'아, 또 다른 가게가 생겼네.'

며칠 사이, 건너편에 있던 개인 카페가 체인점으로 바뀐 듯했다. 언제 공사를 다 끝냈나 싶을 정도로 순식간에 다른 풍경이 들어서 있었다. 가게 앞을 지날 때마다 앞치마를 두른 선한 인상의 아주머니가 조물조물 쿠키를 만들고 계셨는데, 이제 아주머니도, 그 귀여운 쿠키도 더 이상 볼 수 없는 건가 싶어 아쉬웠다.

그때 주문한 라떼가 나왔다. 따끈한 컵을 꼭 쥐고 자리로 돌아오려는데 누군가가 문을 열고 들어왔다. 그 순간, 그 낯선 사람이 내 이름을 부르며 어깨를 툭 쳤다.

"어머, 너 여기 살아? 진짜 오랜만이다. 잘 지냈어?"

13년 만에 보는 중학교 동창이었다. 그때 그 시절의 똑같은 목소리로 그동안의 안부를 물었다. 이 친구를 여기서 마주치게 될 줄은 상상도 못했던 터라 나는 그저 "야, 웬일이니"만 연달아 내뱉었다.

내가 자리를 맡아두는 사이, 그녀는 한 손엔 아메리카노, 다른 손엔 쿠키를 들고 돌아왔다. 그때도 초코 쿠키를 그렇게 좋아하더니. 그녀는 "다른 건 변해도 이 맛은 안 변하니까"라며 씩 웃었다.

"넌 그때랑 똑같아서 바로 알아보겠다만 난 어떻게 알아본 거야? 나 쌍꺼풀 수술도 했는데, 너무 곧바로 알아봐서 섭섭할 뻔했어. 영 보람이 없다."

그녀는 달라진 눈을 손으로 가리키며 말했다.

"오해하지 말고 들어. 그때랑 달라지지 않았다는 게 아니라 난 네 얼굴이 워낙 익숙해서 보는 순간, 쌍꺼풀 수술한 너라고 생각했어. 근데 그때랑 똑같다는 네 말도 칭찬은 아니잖아."

세월이 무색할 만큼 우리의 대화는 변함이 없었다. 중학교 3학년, 무섭기로 소문난 선생님이 담임이었던 덕에 우리 반은 유독 단합이 잘됐다. 전반적으로 모든 아이들이 사이좋게 잘 지냈다. 그녀는 공공의 적이 있으면 급격히 가까워지지 않느냐

고, 회사만 봐도 그런 것 같다고 장난 섞인 말투로 말했다. 당시
꽤 오랜 시간 짝꿍을 한 적이 있는 우린 시도 때도 없이 시답지
않은 농담을 주고받곤 했는데, 그때마다 대화 소재와 개그 코
드가 잘 맞았다. "야, 그거 있잖아" 하면 "아, 그거?" 찰떡같이 알
아듣는 친구였다. 제법 오래된 기억이었지만, 입만 열면 킥킥거
렸던 순간들은 또렷하게 떠올랐다. 빛바랜 사진처럼 흐릿했던
기억들이 하나둘 선명해졌다.

"그래서 만나는 사람은 있고?"

"응. 최근에 엄마가 하도 선 봐라 선 봐라 해서 한 번 봤는데,
우리랑 다섯 살 차이 나는 사람이었거든? 다섯 살이면 딱 좋다
생각했는데 나이를 따져보니까 글쎄, 서른네 살이나 먹은 거
있지. 우리 언제 이렇게 나이를 먹은 거니. 야, 그리고 우리 살
던 동네 싹 다 바뀐 거 알아? 아파트도 재개발 중이고, 죄다 쇼
핑몰로 바뀌어버리고. 그 많던 놀이터는 다 어디 간 거니?"

그녀의 말대로 우리의 옛 동네는 과거를 떠올리기 힘들 정도
로 변해 버렸다. 지각을 면하려 열심히 달렸던 그 골목도, 만화
책 하나 빌려보겠다며 용감하게 뛰어넘었던 그 담장도, 하굣길
에 꼭 들르곤 했던 단지 안 놀이터도 영원히 사라져버렸다. 공
간이 없어지자 우리의 추억도 모두 잃어버린 것 같아 쓸쓸했던

날이 있었다. 그녀도 나와 똑같은 마음이었다.

"완전히 잊고 살았어. 매점 가서 피자빵 사 먹던 거. 수업시간에 이어폰 한쪽씩 나눠 끼고 라디오 듣던 거. 그거 담임한테 뺏겨서 한참 동안 못 들었잖아. 우리 동네처럼 학교 내부도 다 바뀌어버렸겠지만, 이렇게 너랑 이야기하다 보니 신기하리만큼 또렷이 생각난다."

오늘도 그녀는 "맞아, 맞아"라며 그 느낌과 생각을 알아주었다. 걸어서 10분 거리인데 왜 한 번도 마주치질 못했을까. 이 만남을 미리 갖지 못한 게 아쉬웠다.

2시간 동안 정신없이 추억여행을 떠났던 우린 조만간 이 카페에서 다시 만나자고 했다. 작은 일에도 깔깔거리며 웃었던 시절이 그리워질 때, 추억은 자꾸 희미해지는데 옛 공간마저 찾을 수 없어 마음이 적적할 때, 주저 없이 연락하기로 했다. 그 말에 잃어버린 것들에 대한 아쉬움이 녹아내리는 것 같았다.

추억은 모르는 사이, 우리 마음속 어딘가에 선명히 남겨지나 보다. 사라져버린 듯했지만, 언제고 우리 곁에 머물고 있었다. 그때 그곳이 처음부터 없었던 것처럼 변해버리더라도, 그때 그 기억이 노랗게 바래 형태를 알아볼 수 없더라도 언제든 되새겨지길 바라며 마음 언저리에 살아 숨 쉬고 있었다.

사라져도 괜찮다. 변해가도 괜찮다. 우리 힘으로 어찌할 수 없는 건 그저 흘려보내 주기로 했다. 그보다 더 오래오래 기억해줄 사람들이 있으니 조금만 아쉬워하기로 했다.

열 정 의 증 거

그날, 몸에 밴 담배 냄새는
아무리 걷고 또 걸어도 빠지지 않았다.
유독 독하게 느껴지는 냄새였다.

"면접 한 번 봐봐."

일전에 내 이력서를 받아본 적이 있는 선배에게 불쑥 전화가 왔다. 듣자 하니 규모는 작지만, 열정 넘치는 회사인 것 같다고, 신입이 경력 쌓기에 괜찮은 곳인 것 같다고 했다. 우연히 내 포트폴리오를 보게 되었다는 대표는 그로부터 며칠 후, 선배를 통해 면접 일정을 통보해왔다. 지금껏 경험했던 취업 절차와는 달라 이렇게 이루어지기도 하는구나 싶었다.

당시 그 일이 절실히 하고 싶었던 나는 면접시간보다 30분가량 일찍 도착했다. 회사에는 앳된 얼굴의 두 여자만이 자리를 지키고 있었다.

"볼 일이 있으시다고 잠깐 기다리라고 하셨어요."

그녀는 가장 안쪽에 있는 방으로 나를 안내했다. 가정집을 개조했는지 회사라고 보기엔 다소 낯설게 느껴지는 것들이 많았다. 벽 곳곳엔 누런 때가 껴 있었고, 꽉 닫힌 창문 옆엔 만지는 순간 파삭 소리를 내며 떨어져 버릴 것 같은 식물들이 나란히 놓여 있었다. 열 개가 조금 안 되는 책상은 자리의 주인들이 대략 어떤 성향인지 짐작해볼 수 있는 모양새였다.

여자는 자리를 안내해준 뒤, 차가운 커피를 한 잔 가져다주었다. "아마 들어오시자마자 담배 피우실 거예요"라며 한쪽 창문도 열어주었다. 면접이 어떻게 진행될지 도통 그림이 그려지질 않아 먼저 이 공간에 빨리 익숙해져야겠다 싶었다. 내가 구석구석을 살펴보고 있을 때, 대표라는 사람이 벌컥 문을 열고 들어왔다. 그녀가 미리 언질을 줬듯 앉자마자 뒷주머니에 있는 담배를 꺼내 들었다.

"나에 대해서는 좀 듣고 왔나?"

이 질문을 화두로 자신이 일궈온 것들을 줄줄이 이야기하기 시작했다. 중간 중간 담뱃불을 붙이는 것도 잊지 않았다. 한 달도 버티지 못하고 퇴사한 신입의 이야기를 할 무렵엔 머리가 지끈지끈 아파왔다. 15분 동안 쉼 없이 말을 하던 그는 시계를 한 번 들여다보더니 그제야 근무 환경에 대해 설명했다.

"출근하게 되면 제일 먼저 하게 될 게 아마 담배 심부름일 거야. 가끔 드라이클리닝 맡긴 것도 찾아오게 될 거고. 그것 말고도 할 게 아주 많지. 주어진 일만 한다고 생각하면 안 돼. 요즘 애들은 너무 곱게 자라서 하고 싶은 것만 하려고 하지만, 나 때는 꿈도 못 꿨어. 회사가 그렇게 만만한 곳이 아닌데. 월급은 여기 적혀 있는 대로야. 신입은 모두 같고, 협상은 없어."

속사포로 쏟아낸 말속엔 직원들에 대한 그 사람의 생각이 그대로 묻어났다. 페이퍼에 적혀 있는 월급은 지금 생각해도 터무니없이 적은 숫자였다.

내내 침묵을 지키고 있던 나는 그제야 입을 열었다. 방금 말씀하신 부분에 대해 다른 생각을 갖고 있다고. 그는 별안간 이게 무슨 소린가 싶은 표정을 지었다. 또래들이 한 번쯤 느껴봤다는, 왠지 모를 억울한 심정. 그들이 말한 씁쓸한 면접이란 게 바로 이런 거였구나, 싶어 온몸에 힘이 빠졌다.

"이 정도도 못 견디면서 이 일을 좋아한다고 할 수 있겠어? 무급으로도 오겠다는 애들이 얼마나 많은데."

그는 까칠한 말투로 말했고, 나는 인사를 한 뒤 자리에서 일어섰다. 문을 닫으려는 순간, 대표는 방으로 안내해주던 여자의 이름을 큰소리로 불렀다.

"커피 가져와, 커피."

그녀는 어쩔 줄 몰라 하며 허둥댔다.

그날, 몸에 밴 담배 냄새는 아무리 걷고 또 걸어도 빠지지 않았다. 유독 독하게 느껴지는 냄새였다.

"열정이 어느 정도 되는지, 엉뚱한 거로 확인하려는 곳이 있어. 원하는 일을 할 수 있다면 쥐꼬리만 한 월급, 부당한 대우도 감당해야 하는 것 아니냐고. 근데 그 상황을 다 알고도 오겠다는 애들도 있으니까 너무 당연하게 생각하는 것 같아. 잘했어. 나한테 미안할 건 전혀 없고. 또 기회가 올 거야."

소개해준 선배에게 전화를 걸어 미안하다고 하자, 되려 이런 사회가 부끄럽다고, 너는 나보다 더 좋은 환경에서 시작하면 좋겠다고 말했다. 회사에 대한 아무런 기준도 없던 때였지만, 한 가지만은 확실해진 것 같았다. 이 일을 얼마나 하고 싶어 하는지 확인하기 위해 당연시되어야 할 것들을 무시하는 회사는 멀리 두어야겠다고. 그건 내가 가진 열정을 지키기 위한 최소한의 기준이었다.

그로부터 몇 달 뒤, 한 달 만에 그만둔 그 형편없던 신입을 우연히 만나게 되었다. 그는 부러우리만큼 모든 면에 출중한 인물이었다. 대표가 말한 그 사람이라곤 전혀 생각지 못할 만큼.

망쳐도 괜찮아

삶이라는 도화지에 붓질을 채워가는 걸 두려워 말자.
붓을 내려놓지 않는 한 우리에겐 가능성이 있다.

수채화와 아크릴 물감, 비릿한 물 냄새가 뒤섞인 3층짜리 미술학원은 고등학교 시절, 학교보다 심지어 집보다도 더 많은 시간을 보낸 곳이었다. 한쪽에 열어둔 창문 사이로 차들이 지나가는 소리와 사각사각 연필 깎는 소리, 도화지 위로 손등이 스치는 소리가 반복적으로 들려오는 그 공간이 내겐 가장 익숙했다.

처음 학원 내부를 둘러본 날, 곧바로 이곳에 등록하기로 마음먹었다. 그땐 그저 매일 그림을 그릴 수 있는 공간이 생겼다는 사실이 기뻤다. 하지만 학년이 올라갈수록 공간에 대한 마음도 조금씩 변해갔다. 전에 느끼지 못한 입시에 대한 부담감을 온몸으로 체감했다.

"자, 한 번만 보여줄 거다. 똑바로 봐라. 석고 정물 수채화는 초벌이 제일로 중요하다. 탄탄한 밑바탕을 만들어놔야 그림에 깊이감이 느껴진다고. 제일 큰 붓 있지. 이걸로 그림자 부분을 널찍널찍하게 먼저 눌러주는 거다. 그 다음 조금 더 작은 붓으로 어두운 부분을 꼼꼼하게 잡아주면서 색감을 넣는 거지. 탑 쌓듯이 차곡차곡. 초벌만 잘해도 반은 완성한 거다. 알겠나."

삼수 끝에 홍대에 합격했다는 큰샘은 걸걸한 성미의 경상도 남자였다. 연필이나 붓을 사용할 때도 그 성격이 고스란히 드러났다. 대강대강 칠하는 듯해도 3시간 만에 깊이 있는 그림을 완성하는 걸 보면 매번 입이 떡 벌어졌다. 밑바탕을 지나치리만큼 강조한 그의 영향으로 나는 반복적으로 초벌을 연습했다. 그 덕에 스케치부터 탄탄한 초벌까지 어렵지 않게 완성할 수 있을 정도로 발전했다. 하지만 이게 좋은 영향만 끼친 건 아니었다.

"자, 이렇게 쌓으니까 훨씬 더 입체감 있어 보이지? 세심하게 쌓아야 해. 뭉개지지 않게."

큰샘에 비해 나긋나긋한 성격이었던 작은샘은 중간 중간 내

그림을 봐주곤 했다. 그날도 부족한 부분을 마무리하며 조언을 해주었고, 나는 처음 등록하던 날처럼 "네네" 착실하게 대답했다.

"근데 말이야. 왜 매번 이 부분에서 봐달라고 하는 거야? 어느 정도까진 무리 없이 완성하는 것 같은데, 시범 보여 달라고 하는 부분이 항상 같네. 선생님 기분 탓인가?"

순간 나는 뜨끔했다. 15명가량의 학생들이 "잘 모르겠어요. 이 부분 좀 다시 보여주세요"라고 요청하는 건 매우 흔한 일이었지만, 같은 것을 묻는 경우는 별로 없었다. 반복해서 질문을 한다는 건, 유독 어려운 부분이 있거나 다른 방법을 묻고 싶은 경우, 그것도 아니라면 그 부분을 의식적으로 피하고 있다는 뜻이었다. 나는 가장 마지막 경우에 해당됐다. 솔직히 피할 수 있다면 피하고 싶었다. 잘한다, 잘한다 칭찬받는 초벌에 비해 마무리 부분에 자신이 없어서였다. 어느 이상 색감을 입히고 나면 아예 손을 대지 못하는 지경에 이르렀다.

"선생님 생각엔 망칠까 봐 겁내는 게 아닐까 싶은데, 맞니? 여기까진 무사히 잘 왔는데 다음이 어떻게 될지 모르니 차라리 여기까지만 하자, 그런 마음. 근데 선생님은 미완성인 그림보다 망친 그림이 훨씬 낫다고 생각해. 어느 부분을 보완해야 할지 한눈에 보이거든. '고민'으로 완성한 그림은 어떤 경우든 의미가 있어. 그리고 '망쳤다'는 건 지극히 주관적인 기준이잖니? 어떤 결과가 돌아올지 아무도 몰라. 미완성일 때보다 발전할 수 있는 가능성도 훨씬 높고. 다음 그림은 처음부터 끝까지 너 스스로 완성해보자. 할 수 있지?"

그 시범을 끝으로 나는 몇 배로 더 고된 시간을 보냈다. 그동안 초벌에 노력을 쏟아부은 만큼 아니, 그 이상으로 훨씬 더 많은 시간을 들여야 했다. 하지만 내겐 그 시간이 반드시 필요했다. 잘 돼가던 그림을 망쳐보기도 하고, 그 과정에서 속상해 보기도 하고, 어떤 게 문제인지 고민해보는 시간을 가져야만 했다. 만약 그 시간이 주어지지 않았다면, 입시를 치르던 날도 망쳤다는 생각이 드는 순간부터 어느 한 군데도 손을 대지 못했을 것이다. 그게 망친 그림이든 아니든 나는 지원한 모든 대학에 착실하게 완성시킨 그림을 제출하고 나올 수 있었다.

하루하루 시간이 지날수록 우리가 살아온 흔적은 어떤 식으로든 남겨질 수밖에 없다. 그리고 그 흔적이 항상 만족스럽진 않을 것이다. 밤새 이불을 뺑뺑 차게 만드는 실수를 저지르는 날도 있을 테고, 다 지우고 다시 시작하고 싶을 만큼 깊은 후회가 남는 날도 있을 것이다.

하지만 지우개로 아무리 지워도 연필 자국이 남듯, 수채화 물감을 먹은 구불구불한 종이가 다시 매끈해질 수 없듯, 살아가는 데 있어 피할 수 없는 결과는 생길 수밖에 없다. 항상 만족스러운 과정만 겪는다면 좋겠지만, 비록 그렇지 않은 날이 찾아오더라도 손을 떼지 말고 계속해서 그림을 그려나가야 한다. 어떤 색을 골라 남은 면적을 채워갈 것인지, 최종적으로 어떤 그림을 완성할 것인지 끊임없이 고민하고 또 고민해야만 한다.

혹시 아는가. 잘못 칠했다고 자책했던 부분이 세상 단 하나뿐인 당신의 그림을 더욱 눈에 띄게 만들어줄지.

한 가지 다행스러운 건 우리는 어떤 방식으로든 계속해서 성장해가고 있다는 사실이다. 지금 이 순간까지도. 그러니 삶이라는 도화지에 붓질을 채워가는 걸 두려워 말자. 붓을 내려놓지 않는 한 우리에겐 가능성이 있다.

동료가 건넨 도시락

이 가슴 따뜻한 친절이 부담스러운 것이기보단
익숙한 것이 된다면 좋겠다고 생각했다.
나뿐만이 아니라 우리 모두에게.

'외식녀.'

하루의 식사를 대부분 밖에서 해결하는 내게 팀원들이 지어준 별명이다. 같이 살던 언니가 결혼한 후, 직접 밥을 해먹은 게 손에 꼽을 정도로 적었다. 마음먹고 만들어봐야 단시간에 완성할 수 있는 유부초밥이나 김치볶음밥이 전부. 그나마 밥을 차려 먹는 날에도 금세 숟가락을 놓게 됐다. 시끌벅적 다섯 식구가 모여 살다 딸랑 혼자가 되니 그 왕성하던 식욕이 뚝 떨어졌다. 혼자 먹는 밥이 얼마나 맛이 없는지 그때 처음 실감했다. 그러다보니 먹는 것보다 버리는 음식이 많아졌고, 결국 그때그때 되는대로 끼니를 때우기로 했다. 아침은 패스, 점심은 회사, 저녁은 대개 약속을 잡았다.

그런데 날씨가 쌀쌀해지면서 한 가지 고민이 생겼다. 점심시간마다 함께 외식을 하던 우리팀이 추운 날씨를 피해 전부 도시락을 싸오기 시작한 것이다.

"그냥 밥만 싸와. 반찬은 내가 챙겨올게."

"아니야, 밥도 내가 배로 가져올 테니까 빈손으로 와요."

"그래, 인원도 많은데."

다행히 팀 사람들은 모두 인심 좋은 분들이었다. 너도나도 밥을 싸주겠다며 친절을 베풀었지만, 극구 사양했다. 신경 쓰이게 하는 것조차 민폐인 것 같았다.

"매번 저녁을 든든히 챙겨 먹으니까 간단히 먹어도 돼요. 이참에 식사량 좀 줄이고 좋죠, 뭐."

그들의 친절을 사양하기 위해선 내가 나를 잘 챙기는 수밖에 없었다. 그날 이후, 항상 출근길에 간단한 먹을거리를 사 갔다. 가장 많이 집게 되는 건 아무래도 빵 종류였다. 그럴 때마다 몸 상한다는 듣기 좋은 잔소리도 해주었는데, 그중에서도 동갑내기 디자이너는 유독 내 끼니에 대한 걱정이 많았다.

"아니, 또 빵 먹어요? 밥 먹으라니까. 그러니까 맨날 머리가 아프고 속이 아프지. 내일은 내가 밥 하나 더 싸올 테니까 그거 먹어요. 알겠죠?"

그녀는 늘 정감 어린 말투로 나를 살갑게 챙겼다. 회사 내에서도 싹싹하고 예의 바르며 다정한 사람으로 평판이 나 있었다. 하루 중 가장 많은 시간을 함께 보내는 동료가 이 사람이라서 다행이다 싶을 정도로 마음씨 따뜻한 사람이었고, 누군가가 밥을 굶거나 홀로 야근하는 걸 그냥 지나치지 못하는 성격이었다. 점심을 먹는 둥 마는 둥 하는 나도 자꾸만 눈에 밟혔던지 그때부터 두 개의 도시락을 챙겨오기 시작했다.

볶음밥이며 제육덮밥이며 그녀가 만들어온 음식은 시중에서 판매하는 것, 그 이상으로 맛있었다. 그녀의 손을 거치면 모든 재료가 맛깔스럽게 변했다. 주말이나 명절이 되어야 맛볼 수 있는 집밥을 점심때마다 먹을 수 있어 좋았지만, 매번 두 개의 도시락을 챙겨야 할 그녀에게 미안한 마음이 들어 한사코 거절을 했다.

누군가가 이토록 날 챙겨준다는 사실에 감사하면서도 한편으론 받은 만큼 돌려줘야 할 것 같은 부담감도 느꼈다. 식사대접을 받았다면 반드시 후식을 사야 마음이 편하고, 도움을 받았다면 보답할 길을 찾아야 속이 시원한 나의 고집스러운 성격 때문이기도 했다. 어떤 부분에서든 이런 면을 알아차렸을 그녀가 하루는 나지막한 목소리로 말했다.

"가만 보면 받은 만큼 돌려줘야 한다는 강박이 있는 거 같아. 나도 주는 기쁨 좀 누려보자고요. 수현 씨만 좋으라고 이러는 거 아니야. 내가 해주고 싶어서 하는 거니까 부담 느낄 필요 없고, 뭔가 돌려줘야 한다는 생각일랑 하질 말아요. 그렇게 고마우면 반드시 꼭 내가 아니더라도 누군가에게 좋은 일을 해주면 되잖아요. 사는 게 다 그런 거지. 잘 베풀 줄도 알아야 하지만 잘 받을 줄도 알아야 하는 거예요."

그녀는 전자레인지에 따끈하게 데운 볶음밥을 두 손에 건네주었다. 손으로 전해지는 온기와 함께 고소한 냄새가 코끝을 스쳐 지나갔다.

아무리 익숙해지려 해도 누군가의 친절을 자연스럽게 받아들이는 게 어색하기만 했던 나는 그날 동료가 해준 말이 오래도록 마음에 남았다. 주는 사람의 기쁨도 좀 생각해달라고. 꼭 받은 만큼 돌려줘야 하는 건 아니라고. 그렇게 돌려주려 애쓰지 않아도 언젠가 돌려줄 기회가 올 거라고. 그 말을 곱씹어볼수록 그 기쁨을 부담으로만 생각했던 지난날이 달리 보였다. 그리고 이 가슴 따뜻한 친절이 부담스러운 것이기보단 익숙한 것이 된다면 좋겠다고 생각했다. 나뿐만이 아니라 우리 모두에게.

그녀가 도시락을 내밀 때마다 나는 '지금보다 더 좋은 사람이 되고 싶다' 생각했다. 그 따끈한 도시락을 떠올릴 때면 언제나 그렇다.

내 일

오늘이 마지막 날인 것처럼 살아야 하는 걸까,

아니면 수없이 많은 날들 중

첫날이라고 생각하며 살아야 하는 걸까.

딱 기분 좋을 정도로 불어오는 바람. 우리 둘 사이엔 매콤한 향이 공기의 움직임에 따라 짙어졌다 옅어졌다 했다. 유난히 손가락이 길었던 그는 윤기가 흐르는 밥알 위로 카레소스를 두어 번 얹어 섞었다.

"그 일을 정말 좋아해서 꽤 오래전부터 차근차근 준비를 해왔지, 아마. 그걸 잘 모르는 사람들은 운이 좋았다고 말하지만, 누구보다 열심히 하고, 그 일을 좋아하는 친구였어."

이게 그와 가깝게 지낸 사람들의 일관된 말이었다. 하지만 그날 내가 본 모습은 이야기 속 인물과는 조금 달랐다.

"내 일을 하고 싶어요. 그래서 요즘은 회사에 있는 시간이 가장 아깝습니다."

이제 5년 차에 접어들었다는 그는 한 분야에서 손꼽는 곳에 입사해 줄곧 경력을 쌓아왔다. 그 영상 봤어? 되게 괜찮더라, 라는 말이 나오는 것들 중 그 팀에서 만든 영상이 꽤 있었고, 권위 있는 단체의 평가에서도 늘 상위권을 차지했다. 나는 제작자 명단에 적힌 그 사람의 이름을 볼 때마다 정말 이 일을 좋아하는구나, 그러니 이렇게 좋은 결과물이 나오는 거겠지, 싶었다. 하지만 정작 본인은 이 일을 통해 전과 같은 만족감을 얻지 못하는 것 같았다.

"대신 만들어주는 느낌이랄까요. 어떤 일이든 안 그렇겠느냐마는, 그 안에 내 생각이 조금이라도 담기는 것과 아닌 것의 차이는 엄청나죠. 처음엔 그게 아니어도 괜찮았지만, 연차가 쌓일수록 해소되지 않는 갈증이 느껴져요. 얼른 그만두고 정말 내 일이라고 말할 수 있는 것을 찾아야 한다는 생각이 자꾸 드네요."

그릇이 깨끗이 비워지는 동안, 우리는 다가올 미래에 꼭 만들고 싶은 것에 대해 이야기를 나눴다. 지금은 각자 다른 회사에 있지만, 언젠가는 꼭 뭉쳐 우리 것을 만들자고 약속한 친구들이 있다고 했다. 지금은 시간을 쪼개고 쪼개야 겨우 만나는 정도지만 그때는 오로지 그것에만 매진하기로.

나는 그게 꿈같은 이야기라고만 생각했다. 지금 하고 있는 일에서도 충분히 자신의 목소리를 내고 있지 않을까, 내 생각이 조금이라도 담긴다면 그 일을 내 일이라고 말할 수 있지 않을까, 싶었다.

"금전적으로 안정된 길을 택할 것인가, 심적으로 자유로운 길을 택할 것인가. 그 문제가 아닐까 싶어요. 하고 싶은 것만 하고 살면 다른 쪽으로 불안한 게 생기잖아요. 그 사이에서 매일 왔다 갔다 해요. 저뿐만 아니라, 제가 믿고 따르는 몇몇 선배들도요. 하지만 내 일을 찾겠다고 떠났던 사람 중에 다시 돌아오는 경우도 없진 않으니까."

우리는 아이스커피를 한 잔씩 들고, 근처를 걷기로 했다. 맑은 날씨에 이끌려 거리로 나온 사람들은 한가로이 낮 시간을 즐기고 있었다. 테라스를 활짝 열어둔 카페엔 머리를 질끈 묶은 채 쉼 없이 타자를 두드리는 여자가 보였다.

"저 사람은 작가일까요?"

"이 시간에 이곳에 있는 걸 보면 아마도 프리랜서겠지?"

우리는 속도를 줄인 채, 그녀를 주시하고 있었다. 이 근처를 걷다 보면 그녀처럼 홀로 무언가에 집중해 있는 사람들과 자주 마주치곤 했다. 시간에 구애받지 않는 사람이라는 건, 테이블 위에 올려 있는 두세 개의 일회용 잔과 빈 샌드위치 그릇으로 미루어 짐작해볼 수 있었다. 그녀는 출력해온 서류들을 살폈다가 다시 화면을 뚫어져라 보았다가 한숨을 푹 내쉬며 거리 위로 시선을 옮겼다. 우르르 우리 옆을 지나가는 회사원들을 바라보는 것도 같았다.

"남들 다 일하는 시간에 홀로 여유롭게 커피를 마시는 걸 보니, 팔자 좋다."

정장을 차려입은 무리 중 한 명이 중얼거리는 소리가 들려왔다.

"우리 스스로 만족할 수 있는 우리의 일을 찾아야죠. 그 고민을 멈추면 안 될 것 같아요."

그가 인사를 나누며 건넨 말이 테라스에 있던 그녀를 떠올리게 했다. 문득 지겹도록 들어온 어떤 말이 생각났다. 누군가가 했던 말처럼 오늘이 마지막 날인 것처럼 살아야 하는 걸까, 수없이 많은 날들 중 첫날이라고 생각하며 살아야 하는 걸까. 태어나는 순간부터 부지런히 사라져 가는 시간 속에서 이렇게 헤매는 것조차 아깝게 느껴졌다.

그래서 그때 그녀는 자신을 잡아먹어 버릴 것 같은 불안감

속에서도 새로운 길을 택한 건지도 모르겠다. 반면 그 불안감을 견디지 못한 그는 다시 제자리로 돌아온 건지도. 스쳐 지나가는 많은 얼굴들 속에 웃고 울던 모습이 선명히 떠올랐다 사라졌다. 내일은 꼭 이게 내 일이라고, 기쁜 얼굴로 말할 수 있는 것과 마주하길 바라는 마음, 부디 이 시간들이 헛되지 않길 바라는 그 마음만큼은 우리 모두가 똑같았다.

세 상 을   즐 겁 게

그때나 지금이나 변치 않는 사실은 있다.
나는 세상에 좋은 영향을 주고 싶은 사람이고,
끊임없이 그런 일을 찾아갈 거라는 것이다.

"망했다. UCC도 제출해야 해."

나는 한숨을 푹 쉬며 말했다. 서류전형에 적힌 자기소개서, 에세이, 거기에 UCC까지. 이후에도 반나절 동안 보는 필기시험과 두 번의 면접이 더 있었다. 한 달이 훌쩍 넘는 채용절차를 보며 그 모든 것들이 버겁게 느껴졌다. 일단 UCC부터 만들어보자고 생각했지만, 시작도 전에 근심으로 가득 찼다. 만 원으로 세상을 즐겁고 유쾌하게 만들라니, 이 과제를 어떻게 풀면 좋을까.

15일가량의 시간이 주어졌고, 매일 과제 한 줄을 머릿속에 넣고 다녔다. '인사팀이 좋아할 만한 답이 뭐지?' 생각하며 내 아이디어를 평가하고 또 평가했다. 그럴수록 자신이 없어졌다. 아무리 생각해도 답이 나올 것 같지 않았다.

"인사팀이 좋아하는 거 말고, 하고 싶은 걸 하면 어때. 결국 네 시간 투자해서 만드는 건데 그 사람들 입맛에만 맞추면 재미없잖아. 이만큼 자유로운 과제가 어디 있어. 하고 싶던 게 뭐였는지부터 생각해봐."

제출 3일을 앞둔 새벽까지도 같은 생각에 빠져 있던 나는 그의 말대로 원점으로 돌아가 보기로 했다. 종일 머물고 있던 카페를 빠져나와 무작정 첫차에 올랐다. 맨 앞자리에 앉아 '세상을 즐겁게 만들고 싶다'는 그 마음을 처음 가졌던 때를 떠올려봤다. 내가 쓴 글, 내가 만든 영상, 우리가 만든 캠페인을 보며 누군가는 하루 한 번 크게 웃고, 가슴 찡해봤으면 좋겠다고 생각했다. 그 마음 하나로 여기까지 온 나였다.

한참 그 생각에 빠져 있다 문득 고개를 들었을 때 "안녕하세요." "안녕하세요." 끊임없이 인사를 건네는 기사님이 눈에 들어왔다. 자그마치 10년 넘게 타고 다닌 버스였다. 어떤 연유에서 그 장면이 눈에 들어왔는지 모르겠지만, 그 순간부터 기사님의 행동을 유심히 지켜보기 시작했다.

아침 7시가 지나자 비어 있던 자리가 조금씩 채워졌다. 빠르게 달리던 차들도 조금씩 속도를 낮췄다. 몇 분간 버스가 정차해 있자, 기사님은 서둘러 가방에서 무언가를 꺼냈다. 삼각김밥과 우유였다. 도로 위의 움직임을 살피며 얼른 포장지를 뜯어 한가득 입에 넣었다. 오물오물 다 씹기도 전에 앞차가 속도를 올리자 기사님은 재빨리 핸들을 잡았다.

그 모습을 본 순간 '세상을 즐겁게 만드는 방법'이 번뜩 떠올랐다. 지금 당장 이 일을 해야 할 것만 같았다.

곧바로 집 근처에 있는 대형마트로 향한 나는 조그만 쌀 한 봉지와 볶음밥 재료를 골라 담았다. 돌아오는 길, 약국에 들러 비타민 음료도 몇 병 샀다. 밥솥에 쌀을 안치고 재료를 하나씩 다듬기 시작했다. 오랜만에 해보는 요리였다. 사실 요리라고 하기도 민망한 아주 간단한 음식에 불과했지만, 누군가를 위해 이런 걸 만들어보는 게 참으로 오랜만에 있는 일이었다.

'띠리링' 취사가 완료되었다는 알림이 울리자, 고슬고슬 잘 지어진 밥을 접시에 옮겨 담아 한입 크기로 만들었다. 그 다음 김가루를 꺼내 모든 면에 고루 묻도록 데굴데굴 굴렸다. 그렇게 세 세트의 주먹밥 도시락을 만들어 비타민 음료와 함께 쇼핑백에 담았다. 안쪽에 붙여 둘 짧막한 편지도 잊지 않았다.

다음 날, 전날과 비슷한 시간대에 집을 나와 다시 첫차를 기다렸다. 평소 자주 타고 다니는 버스 한 대가 천천히 모습을 드러냈다. 자, 준비! 처음 하는 일이라 약간의 용기가 필요했다. 나는 쇼핑백을 든 손에 힘을 주며, 버스에 몸을 실었다. 낯익은 얼굴의 기사님이었다. 가장 앞자리에 앉아 버스가 신호에 걸리길 기다렸다가 정차하는 순간, 슬그머니 다가가 쇼핑백을 건넸다. 수많은 사람들의 아침을 열어주는 그분들에게 처음으로 말을 걸어보았다.

"기사님, 기사님이 반갑게 인사를 건네시면, 그날 하루는 더 즐겁게 시작할 수 있었어요. 당혹스러우시겠지만, 아침 드시고 운전하세요. 고맙습니다."

좋아하는 남자에게 고백하는 초등학생처럼 쇼핑백을 훅 건넨 후, 황급히 자리로 돌아왔다. 쑥스러움이 많은 나지만, 그날은, 그날만큼은 10년간 등굣길과 출근길을 함께해준 이에게 고마움을 전하고 싶었다. 그분들이 기분 좋게 하루를 시작하면 버스에 오르는 사람들도 자연스레 좋은 기운을 나눠 받을 수 있을 거라 생각했다.

그날 만난 세 분의 기사님들은 이런 걸 받아도 될지 모르겠다며 아이처럼 순수한 미소를 지었다. 하차하는 순간, "고마워요!"라며 또 한 번 큰소리로 인사를 해주었다. 처음 해보는 낯선 일이라 정류장에 내리고도 한참 동안 심장이 쿵쾅거렸지만 '하길 잘했다' 오로지 그 생각뿐이었다.

2년도 더 지난 지금, 그때의 기억을 떠올리면 슬그머니 미소가 지어진다. 당시엔 마지막 관문을 통과하지 못했다는 이유로 아쉬움 말곤 어떠한 감정도 느끼지 못했다. 하지만 모든 일을 객관적으로 바라볼 수 있게 된 지금, 쓰라렸던 결과보다 그때의 따스했던 기억이 더욱 선명하게 떠오른다.

이따금씩 합격을 했다면 좋았겠다는 생각을 한다. 하지만 어떤 날은 빠듯하게 돌아가는 일정과 반복되는 야근을 견디지 못했겠다는 생각도 든다. 해보지 않은 이상 그건 누구도 장담할 수 없는 거겠지만, 그때나 지금이나 변치 않는 사실은 있다. 나는 세상에 좋은 영향을 주고 싶은 사람이고, 끊임없이 그런 일을 찾아갈 거라는 것이다. 그날 보았던 기사님들의 소박한 미소, 반짝반짝 눈부시던 거리의 풍경은 내게 가치 있는 일이란 무엇인지 짙게 새겨주었다.

조만간 주먹밥을 다시 한 번 만들어 봐야겠다. 이번엔 금액 제한 없이 재료를 듬뿍 듬뿍 담아.

쓸모

물건의 시간은 영원히 멈춰버린 듯
누군가와 주고받은 메시지, 순간순간 적어둔 메모,
그때 들었던 음악까지 고스란히 담고 있었다.

마음에 쏙 드는 풍경이 눈에 들어와 사진을 찍으려는 찰나 네모난 알림창이 떴다. 저장할 공간이 없으니 사진을 지우라는 메시지였다. 오늘 하루만 해도 벌써 세 번째. 금세 꽉 차 버리는 사진첩, 하루를 못 가는 배터리. 미루고 미루던 것을 당장 해결해야 할 것 같았다.

가까운 대리점에 전화를 걸어 매달 내는 요금이 별 차이가 없다는 걸 확인했다. 그 길로 새 휴대폰을 장만하러 갔다. 화면도 훨씬 큰 데다 용량까지 3배. 새 모델을 흡족하게 바라보고 있을 때, 점원이 "전에 쓰시던 기계는 반납하실 거죠?"라고 물

었다. 내가 당연하다는 듯 "아니오"라고 대답하자 그는 어리둥
절한 표정을 지었다.

"몇만 원 더 할인받으실 수 있는데 왜 안 하세요? 다들 반납
하시는데. 어차피 둬도 쓸데없어요."

그는 계산기를 두들기며 얼마나 더 이익을 볼 수 있는지 설
명하기 시작했다. 액정도 깨끗하고, 앞면 뒷면 모두 준수한 편
이니 A등급으로 해줄 수 있다고, 그럼 그냥 가져가는 것과 다
름없다고. 그래도 나는 괜찮다고, 뽁뽁이에 둘둘 감아 쇼핑백에
잘 넣어달라고 했다. "진짜 쓸데없으실 텐데." 그는 또 한 번 중
얼거렸다.

"이제 더 타기가 어려워서 그래. 위험할 수도 있고. 엄마 말
이해하지?"

6살 무렵, 엄마의 오랜 설명에도 나는 막무가내로 울고 있었
다. 어르고 달래 봐도 소용없었다. 수리하고 또 타고 수리하고
또 타고를 반복하며 자그마치 8년을 몰아온 자동차를 폐차하
고 드디어 새차로 바꾸자 마음먹은 부모님 앞에 의외의 복병이
나타난 것이다.

인형을 좋아하는 또래들과는 달리 엄마 손을 붙들고 이건 무
슨 차, 저건 무슨 차 맞추기 좋아했던 터라 차에 대한 애착이 남

달랐던 건 사실이었다. 한데 폐차의 의미도 잘 몰랐을 그때, 엄마 말을 듣기는커녕 차가 없으면 안 된다는 말만 반복하며 엉엉 울어댔다. 엄마는 어쩔 수 없이 그 차를 2년간 더 타야 했다.

"그때 네가 그러더라고. 저 차 타고 엄마랑 어디 갔었고, 친구 누구랑 같이 저 멀리도 나갔었고, 아빠 퇴근시간 맞춰 남산에도 갔었다고. 차도 위에 주차된 차를 보면서 한참을 뭐라고, 뭐라고 얘기했었다니까. 꼭 그 차여야 했나 봐. 오랜 시간 같이 지낸 친구 같은 거였겠지, 너한테."

이곳저곳 낡아버린 휴대폰을 기어코 챙겨 나온 나는 그때와 조금도 달라지지 않은 것 같았다. 그 버릇이 어디 갈 리 없었다. 여전히 세월이 담긴 물건들을 선뜻 버리지 못했다. 하물며 2년간의 내 일거수일투족을 다 알고 있는 휴대폰인데, 깎아준다는 말에 홀랑 넘겨버릴 리 없었다. 주위 사람들 모두 그 값이면 그냥 주지 그랬냐고, 사진은 외장하드에 옮겨두면 되지 않느냐고 했지만, "반납하고 왔으면 왠지 눈에 밟혔을 것 같아"라며 애늙은이 같은 대답을 했다.

집에 돌아온 나는 옛 휴대폰을 충전한 후, 가장 맨 뒤에 있던 문자부터 하나하나 읽어보았다. 메시지를 지우지 않고 그대로

두는 편이라 아주 예전 것까지 고스란히 남아 있었다. 그땐 이 사람과 자주 연락을 주고받았구나. 지금과는 조금 다른 말투를 썼네. 새카맣게 잊고 있었는데 이런 고민도 했었구나. 낯설지만 반가운 기록들이 남아 있었다.

불과 한두 달 전, 처음 세상 빛을 본 게 금세 옛것이 되어버리고 여건만 된다면 주위에 있는 모든 것을 싹 바꿔버릴 수 있는 요즘. 새것이 주는 편리함에 매료되는 건 사실이지만, 그럼에도 변치 않고 그대로 있어 줬으면 하는 것들이 있다. 그 마음때문에 이번에도 옛것을 버리지 못했다. 함께한 시절을 그 어떤 것보다 생생히 담고 있어서였다. 나의 시간은 정신없이 흘러가 버렸지만, 물건의 시간은 영원히 멈춰버린 듯 누군가와 주고받은 메시지, 순간순간 적어둔 메모, 그때 들었던 음악까지 고스란히 담고 있었다.

그 시간들을 우연히 마주한다는 게 얼마나 소박한 재미가 있는지. 어린 시절 주고받은 편지를 펴보듯 꺼내 읽다 보면 지금의 나를 돌아보게 된다. 아프고 괴로웠던 그때를 잘 견뎌냈네. 행복했던 그때를 후회 없이 잘 보냈네. 저만치 미뤄두었던 생각을 떠올려보게 된다. 내일은 뭘 해야 할지 생각하기 바쁜 요즘, 이 시간은 꽤나 큰 의미를 안겨주었다.

스르르 잠이 들락 말락 노곤한 상태가 되자, 쓸데없을 거라던 점원의 무뚝뚝한 말이 다시 떠올랐다. 이걸 어찌 쓸모없다고 말할 수 있을까. 이게 쓸모없다면 과연 어떤 걸 쓸모 있다고 말할 수 있는 걸까. 아무래도 이 버릇은 쉽게 고치지 못할 것 같다. 미련하다고 해도.

어떤 일 하세요?

누군가의 물음에 짙은 한숨보단 웃음으로 답할 수 있길.
어쩌면 이게 내 평생의 바람이 될지도 모르겠다.

"나 진짜 그만두려고."

2년째 묵묵히 회사에 다니고 있는 동생이 결국 폭발하고야 말았다. 버겁다는 말은 했어도 그만두겠다는 말은 꺼낸 적이 없었는데, 결론만 있는 문자에 많은 사연이 담겨 있는 것 같아 답장을 썼다 지웠다 반복했다. 결국 문자 대신 통화 버튼을 누르기로 했다.

"여보세요."

오랜만에 듣는 목소리였다. 11시가 넘은 시간임에도 아직 퇴근 전인 것 같았다. 이번 주도 3일 내내 집에 가지 못했다고 했다. 그 패턴의 반복으로 많이 지쳐 있는 상태였다.

동아리에서 처음 만난 동생은 이 업에 대해 큰 자부심을 갖고 있던 아이였다. 매번 열심인 덕에 해외 광고제에서 몇 번 큰 상을 받기도 했다. 하루빨리 업계에 들어오고 싶어 하던 모습이 눈에 선한데, 전화기 너머에선 의외의 말이 흘러나왔다.

"있잖아, 언니. 지금 '인생은 엄청 즐거운 거예요'란 내용의 카피를 적고 있거든? 나는 매일 밤새 작업하느라 집에도 못 가고, 보고 싶은 사람들도 못 보고 사는데. 당장 오늘 저녁을 어떻게 보낼지, 그것도 내 마음대로 결정하지 못하는 인생인데 이런 꿈같은 광고를 만들고 있다는 게 참 그래. 그 생각이 드니까 그냥 다 그만두고 싶어."

얼마 전, 우리가 제안했던 아이디어에도 비슷한 내용이 있었다. 이 업계에 막 발을 들인 나로선 그 모든 과정이 신기하고 즐거웠지만, 동생에겐 더 이상 느껴지지 않는 감정인 것 같았다. 나는 그 사실이 왠지 서글펐다.

"이 일을 왜 하려고 그래?"

대학 시절, 한 멘토링 수업에서 만난 그도 동생과 비슷한 말투로 비슷한 이야기를 한 적이 있었다. 테이블 중앙에 앉아 있던 그분은 10년 가까이 이 업계에 몸담고 있는 사람이었다. 그의 질문에 "멋있어서요." "내 작품을 만들고 싶어서요." "협업이 좋아서요." 온갖 대답들이 쏟아져 나왔다. 반짝반짝한 눈으로 뭐든 흡수해버릴 것 같은 아이들에게 그는 잠깐의 망설임도 없이 이런 말을 했다.

"너희가 꿈꾸는 그런 멋진 일이 아니야. 밤새고 밤새고, 또 밤새고. 그걸 매일 한다고 생각해봐. 나야 할 줄 아는 게 이것밖에 없어서 그렇지. 딴 거 할 수 있었으면 벌써 새 직업 찾았어. 너희도 하루빨리 마음 고쳐먹는 게 좋을 거야."

당시엔 꽤나 충격적인 대답이었다. 내심 바라고 있었다. 힘들긴 하지만 재미있어. 그만큼의 보람이 있는 일이야. 그러니까 너희도 꼭 한 번 해봐. 그 말이 듣고 싶었지만, 돌아온 대답은 그게 아니었다. 나는 실망감을 감추지 못했다.

이후 내겐 한 가지 버릇이 생겼다. 적게는 1년, 많게는 15년이 넘게 카피라이터를 직업으로 삼고 있는 분들에게 불시에 이런 질문을 던져보는 것이다.

"요즘도 이 일이 재미있으세요?"

가장 최근에 알게 된 선배는 이 질문을 받자마자 당연하다는 듯 대답했다.

"인마, 무슨 질문 같지도 않은 질문을 해. 그러니까 하고 있지. 대단히 돈을 많이 주는 것도 아니고 야근도 밥 먹듯이 하는데,

굳이 붙잡고 있는 이유가 달리 있겠니. 너도 그런 거 아니야?"

다행이었다. 이런 사람과 함께 일할 수 있다는 게. 그들의 대답이 내가 하고 있는 일을 더욱 멋스럽게 만들어주거나 덜 힘들게 만들어주는 건 아니어도 그런 사람들과 함께이고 싶었다. 각자의 이유로 시작하게 된 이 일에서 조금의 보람도 느끼지 못하는 것만큼 서글픈 건 없었다.

나는 선배의 말을 떠올리며 긴 통화를 했다. 동생이 하는 말에 공감해주지 못한다는 사실이 안타까웠지만, 동생도 나도, 앞으로 이러한 감정과 상황에 공감하지 않았으면 했다. 최선을 다해 겪지 않았으면 했다. 이런 이유로 좋아하는 것은 절대 일로 두지 말라고 하는 건가 싶기도 했지만, 그럼에도 망설임 없이 좋아하는 것을 택하자고 말하고 싶었다. 누군가는 철없는 말이라고, 일은 일로만, 좋아하는 것은 취미로만 즐겨야 한다고 했지만 여전히 내 생각은 다른 쪽을 향해 있었다. 하루의 절반 이상을 좋아하지 않는 일로 채우고 싶진 않았다.

"저도 그래요. 저도 그래서 이 일을 하고 있어요."

선배의 말에 고개 끄덕이며 대답했던 것처럼 부디 이 마음이 10년 후에도 변치 않길 바란다. '꼭 해봐. 정말 재미있을 일이야.' 나도 망설임 없이 얘기해주는 선배가 된다면 좋겠다. 일이 고된 것은 겁나지 않지만, 직업을 선택한 이유가 '좋아서'라기 보다 '할 줄 아는 게 이것밖에 없어서'가 되는 건 나를 두렵게 만든다.

'어떤 일을 하세요?'라는 누군가의 물음에 짙은 한숨보단 웃음으로 답할 수 있길. 어쩌면 이게 내 평생의 바람이 될지도 모르겠다.

하루를 사는 힘

하루를 살아가는 힘은 그리 대단한 것에서 오는 게 아니다.

가족의 따스한 온기만으로 충분하다.

우리 아빠가 그러했고 지금의 내가 그렇듯.

"우리 강아지들 어디 갔나. 자나."

잠이 들락 말락 몽롱한 상태가 되면 현관 쪽에서 나는 익숙한 소리에 깨곤 했다. 시곗바늘은 어김없이 10시에 가까워져 있었다. 아빠는 거실 소파에 가방을 올려두고 짙은 술 냄새를 풍기며 방으로 들어왔다. 오른쪽 손에는 항상 전기구이 통닭이 들려 있었는데, 어찌나 꼭 끌어안고 왔는지 한겨울에도 따듯했다. 졸린 눈을 비비며 걸어 나오면 아빠는 맥주 한 캔을 톡 따곤 복스럽게 먹는 우리를 한참 동안 웃으며 바라봤다. 볼에 쪽, 뽀뽀를 해주는 날엔 "악! 술 냄새난다"라고 칭얼거렸고, 그럴 때마다 아빠는 이렇게 대답했다.

"우리 딸, 미안. 오늘은 기분이 좋아서 친구들이랑 한잔 했어."

피는 못 속인다고 이제 그 말을 고스란히 내가 한다. 왜 이렇게 취했냐는 물음에 "오늘은 기분이 너무 좋아서 한잔 했어." 얼렁뚱땅 넘어가곤 한다. 외모도 그렇고 성격도 그렇고 삼 남매 중 아빠를 가장 많이 닮은 나는 좋아하는 술의 종류도, 주량도 비슷했다. 아무리 마셔도 얼굴이 빨개지기는커녕 점점 더 하얘지는 것까지 꼭 닮았다. 아빠와 동네 횟집에서 술 한 잔 기울이고 들어가는 날이면 엄마는 "오늘도 얼마나 마셨는지 가늠할 수가 없네"라며 웃곤 했다.

야근 후 집에 돌아오는 날이면 다섯 식구가 옹기종기 모여 따끈한 통닭을 나눠 먹던 그 밤이 사무치도록 그리웠다. 집으로 돌아가는 길이 그렇게 싫을 수 없었다. 그런 날은 아빠와 자주 들르던 숯불 바비큐집을 찾았다.

"아유, 아가씨 잘 지냈어요? 요즘은 아빠랑 자주 안 오네. 잘 계신대요?"

주인아주머니는 매번 반가운 얼굴로 나를 맞이해주셨는데, 그날도 어김없이 우리 부녀의 안부를 먼저 물으셨다. 프랜차이즈 치킨집이 즐비한 동네에서 꽤 오랜 시간 한자리를 지켜온 이곳은 트럭에서 파는 통닭구이의 빈자리를 채워준 곳이었다. 기름기 없이 담백하게 구워낸 맛이 일품이었다. 거기에 시원한 맥주 한 잔을 쭉 들이켜면 그 날의 스트레스가 한꺼번에 날아가는 느낌이었다.

"그럼요. 잘 지내셨어요? 서울엔 2~3주에 한 번씩 오셔서 예전만큼 시간이 많이 나지 않는 것 같아요. 안 그래도 여기 오고 싶다고 하셨는데 다음엔 꼭 같이 올게요!"

"아유, 말씀만이라도 고맙네. 이 근처가 죄다 회사잖아요. 퇴근하고 혼자 오는 분들이 많은데, 아가씨랑 아버님은 단둘이 와서 한참을 얘기하다 가던 게 자주 생각나. 그게 참 보기 좋아서 우리 바깥양반도 가끔씩 두 분 얘길 한다니까. 서울 오시면 꼭 같이 와요. 내가 맛있게 구워줄게."

두 아들을 모두 장가보내고 집 근처에 바비큐집을 차린 아주머니, 아저씨 부부는 시집가기 전에 가족들과 더 많은 시간 보내라고 당부했다. 온 가족이 함께 가게를 찾는 날은 넉넉한 양에 서비스까지 아낌없이 주셨다. 흐뭇한 미소를 지으며 가족들과 보낸 한때를 떠올리시는 것도 같았다. 아마도 내가 가진 추억과 비슷한 모습이 아닐까 생각했다.

"퇴근 후에 마시는 맥주가 그렇게 맛있잖아요. 아가씨도 직장 다녀보니 잘 알겠죠? 우리 아버지들이 그렇더라고. 힘든 하루를 그걸로 다 지워버리는 것 같아. 가끔씩 과음해도 그냥 모른 척 눈감아주는 것도 다 그것 때문이지."

평균 11시 퇴근에 주말 출근도 밥 먹듯이 하는 학교 동생이 이런 말을 한 적이 있었다. 그날도 지친 몸을 이끌고 집에 돌아온 동생은 거실에서 TV를 보고 있는 아빠에게 조심스레 물었다고 한다. 직장 생활이 이렇게 힘든지 몰랐다고. 아빠는 어떻게 버텨냈느냐고. 그러자 잠깐의 망설임도 없이 이렇게 대답하셨다고 한다.

"어떻게 하긴. 너랑 너 동생 얼굴을 떠올리면 저절로 그렇게 됐어."

그 말을 듣는 순간, 우리 아빠도 분명 그랬을 거라는 생각에 코끝이 찡해왔다. 우리 삼남매의 얼굴을 떠올리며 힘겨운 순간을 견뎌냈을 아빠에게, 퇴근 후 가족과 함께 보내는 밤은 무척 달콤했을 것이다. 그 힘으로 또다시 이른 아침, 뚜벅뚜벅 일터로 향했을 것이다. 그 마음을 누구보다도 잘 알게 된 나는, 할 수만 있다면 아빠의 지난날들을 말없이 안아주고 싶다. 우리를 흐뭇하게 바라보던 그날의 아빠를 오래도록 안아주고 싶다.

하루를 살아가는 힘은 그리 대단한 것에서 오는 게 아니다.

가족의 따스한 온기만으로 충분하다. 우리 아빠가 그러했고 지금의 내가 그렇듯.

근 사 한 실 수

여행이 주는 묘미가 바로 이런 거겠지.
같은 목적지를 향해 가고 있다는 사실만으로
이런저런 이야기를 나눌 수 있는 것.

봄기운이 완연했던 금요일. 갑작스럽게 출장 일정이 잡혔다. 장소는 까마득한 6년 전 겨울, 중학교 친구들과 함께 다녀온 게 마지막인 부산이었다. 찬바람이 쌩쌩 부는 해운대에서 기어코 사진을 찍어야겠다며 연신 점프를 해대던 기억에 웃음이 났다. 마음만 먹으면 갈 수 있는 곳임에도 쉽게 발길이 닿지 않아 이 기회가 아니면 다시 찾기 어려울 것 같았다. 그래서인지 이번 출장은 일이라기보단 여행에 가깝게 여겨졌다.

들떠 있던 것도 잠시, 당장 내일 떠나야 하는 일정이라 서둘러 표를 알아봤다. KTX는 물론, 무궁화호도 별로 타 본 적이

없어 허둥댔다. "그냥 어플로 끊으면 되지 않아?"라는 물음에
처음으로 코레일 어플도 설치했다. 이럴 줄 알았으면 미리 좀
해볼 걸. 얼리어답터는커녕 새로운 제품 소식도 동료들의 수다
속에서 겨우 찾아 듣는 지극히 아날로그적인 사람이라 남들은
몇 분이면 끊는 기차표를 1시간 가까이 걸려 겨우 티켓팅을 했
다. 다행히 모든 자리를 끊을 수 있었지만 딱 한 자리는 역방향
으로 예약이 됐다. 멀미에 취약한 팀분들 대신 내가 그 자리에
앉기로 했다.

금요일 아침이 밝았다. 따뜻해진 날씨 때문인지 서울역은 여
행을 떠나는 사람들로 가득했다. 단정한 옷차림에 구두를 신은
우리와 달리 모두 가벼운 옷차림, 설렘 가득한 얼굴이었다. 그
중 부산행 기차에 오르는 사람들은 실망한 표정이 역력했다.
빗방울이 조금씩 굵어지고 있다는 소식 때문이었다. 비야 어찌
됐든 부산이니까. 그들 사이에서 나는 들뜬 얼굴로 기차에 올
랐다.

"이따 내릴 때 봬요." 인사를 하고 자리를 찾아 성큼성큼 걸
어갔다. 좌석에 앉으려는 찰나 맞은편에 앉은 두 여자와 눈이
마주쳤다. 나는 가볍게 눈인사를 하고 이어폰을 꽂았다. 눈이
마주칠 때마다 서로 어색한 미소만 지을 뿐이었다. 직접 앉아

보니 마주 보고 간다는 게 생각보다 멋쩍은 일이라 억지로 잠을 청해볼까 싶었다. 그때 투둥 투둥, 기차가 속도를 올리기 시작했다. 그러자 바로 앞에 앉은 여자가 할 말이 있는 듯 이어폰을 빼줄 수 있냐는 제스처를 취했다.

"저, 그쪽 옆자리에 앉을 사람은 천안에서 탈 거라 그전까진 짐 올려두고 편하게 가셔도 돼요. 근데 왜 이 자리로 끊으셨어요? 보통 세 사람이 예약돼 있으면 다른 자리로 끊으시는데."

그녀의 말에 나는 아차 싶었다. 좌석의 방향만 확인했을 뿐, 주위에 있는 세 자리가 예약돼 있다는 건 확인하지 못한 것이다. 세 친구 사이에서 3시간을 머물러야 할 생각을 하니 난감했다. 왜 꼼꼼하게 못 봤지. 여기 말고도 자리가 있었는데. 내가 생각해도 참 바보 같은 실수였다.

"왜 제 자리만 마주 보고 가나 궁금해하던 참이었는데, 그래서 그런 거군요. 어쩐지 이상하다 했네요. 사실 KTX를 타보는 게 처음이거든요."

내가 쑥스러운 듯 대답하자 그럴 줄 알았다는 표정을 지으며 가방에 있던 간식거리를 꺼냈다.

"이왕 이렇게 된 거 같이 얘기하면서 가요. 이것도 인연이잖아요. 여행의 재미이기도 하고."

친구 사이로 보였던 둘은 오랜 기간 같은 회사에서 근무하고 있는 동료라고 했다. '언니'라는 호칭과 친근한 말투, 매우 가까운 사이 같아 보였다. "친구끼리 여행 가는 줄 알았어요"라는 말에 "우리도 회사 일 때문에 가는 거예요. 그래도 부산이니 다행이죠"라며 웃었다.

나이는 어떻게 되는지, 어떤 일을 하는지 서로의 이야기를 주고받는 동안, 기차는 어느새 천안역에 다다랐다. 창문으로 또 한 명의 동료가 손을 흔들었다. 그녀 역시 양손 가득 먹을거리를 가지고 좌석에 앉았다. 간단히 내 소개를 하자 안 그래도 김밥을 잔뜩 샀다며 젓가락을 건넸다.

"이게 천안에만 파는 아주 유명한 꼬마김밥인데, 참치, 치즈, 멸치, 종류별로 사 왔어요. 이 가게 차린 아저씨가 완전 대박이 나서 외제차를 몇 대나 샀대요. 자, 얼른 먹어봐요. 넉넉히 사오길 잘했네요."

우리는 접시 가득 쌓여 있는 꼬마김밥을 사이좋게 나눠 먹었다. 혼자 갈 때 보려고 챙긴 책, 미리 다운받아두었던 영상, 그리고 이어폰. 잔잔하게 흘러갈 줄만 알았던 나의 3시간이 새로운 이야기들로 가득 채워졌다. 낯설지만 낯설어서 할 수 있는 이야기와 잘 모르지만 잘 몰라서 할 수 있는 이야기. 그런 대화는 참으로 오랜만이었다. 언제부턴가 잊고 산 것 같았다. 여행과 저만치 멀어져 버린 나의 일상, 익숙한 사람들과 보내는 비

숫비슷한 하루. 그 자그마한 세상이 전부인 마냥, 그 세상 말고는 아무것도 존재하지 않는 것처럼 살고 있었다.

나는 문득 그동안 잊고 지내던 세상이 궁금해져 당장에라도 여행을 떠나고 싶었다. 훌쩍 떠나기엔 일러. 아직 아무런 준비가 되지 않았잖아. 발목을 붙잡던 몇몇 이유들이 그 순간만큼은 모두 핑계로 여겨졌다. 여행에서만 마주칠 수 있는 뜻밖의 만남이 내 가슴을 뜨겁게 만든 것 같았다.

"혼자서 안 심심했어?"

오는 내내 잠에 취해 있던 팀장님이 부산역을 빠져나오며 물었다.

"네, 전혀요."

나는 웃으며 대답했다. 저만치 걸어가고 있는 그녀들을 보며 여행이 주는 묘미가 바로 이런 거겠지 생각했다. 같은 목적지를 향해 가고 있다는 사실만으로 이런저런 이야기를 나눌 수 있는 것, 바보 같았던 순간도 웃어넘길 수 있는 에피소드로 남는 것, 그리고 이런 자그마한 실수가 때론 예쁜 짓도 한다는 것에 가슴 뛰는 설렘을 느꼈다.

특히 그날의 실수는 생각보다 꽤나 근사했다.

반 짝 임

오늘 하루도 별 탈 없이 무사히,

어쩌면 다른 때보다 조금 더 편안하게 보냈다면

그건 아마 누군가의 반짝임이 있었기 때문일 것이다.

생각지도 못한 순간 '반짝'하고 빛을 내는 것이 있다. 사람들이 붐비는 터미널에서도, 드문드문 몇 사람만 있는 카페에서도 그 빛을 자주 맞닥뜨리게 된다. 반짝, 누군가의 예쁜 습관을 발견하는 것은 요즘 내가 푹 빠져 있는 것 중 하나다. 지난주만 해도 나는 한 사람이 주는 수십 개의 반짝임과 마주했다.

"저분은 웃지 않으면 화가 나 있는 것 같아요."

이번 주, 새로 입사한 직원이 나와 같은 날 첫 출근을 한 동기를 가리키며 조심스럽게 말했다. 그 동기를 처음 본 날이 떠올라 피식 웃음이 났다. 그와 처음 인사를 나누었을 때, 나 역시 조금 겁을 먹었던 게 사실이었다. 건장한 체격에 무뚝뚝한 표정. 그래서 한동안 그 동기의 반짝임을 보지 못했다. 누구보다 살가운 그의 행동을 알아차리지 못했다.

갑작스럽게 잡힌 미팅으로 전사가 부산스러웠던 날. 5층에서 근무하는 모든 인원이 한꺼번에 엘리베이터에 오르게 된 일이 있었다. 마지막 탑승자가 발을 딛는 순간 '삐익' 하고 인원 초과음이 울렸다. 그때 한 선배가 깜빡한 서류가 있다며 먼저 내려가라 말했다.

엘리베이터가 1층에 도착하자 타고 있던 사람들이 일제히 우르르 내렸다. 그때 그 동기가 버튼 앞에 서서 모든 사람들이 내리길 잠자코 기다리는 걸 발견했다. "안 내리고 뭐 해?"라고 묻자 그는 "잠깐만" 하더니 5층 버튼을 다시 꾹 누르며 내렸다. 그리곤 평소 그 무뚝뚝한 말투로 의외의 말을 뱉었다.

"위층에 계신 분 대신 눌러드린 거야. 아님 올라올 때까지 또 기다리셔야 하잖아."

그는 출근길이나 퇴근길, 내가 타려는 층수에 엘리베이터가 서 있는 걸 발견했을 때의 그 소소한 기쁨이 뭔지 알고 있는 것 같았다. 엘리베이터는 선배 대신 동기가 누른 층수를 향해 빠르게 몸을 움직였다.

그날 이후, 그의 무뚝뚝한 말투에 가려진 작은 배려들과 자주 마주치게 되었다. 보이지 않던 세심함까지 볼 수 있게 되었다.

"이제 가? 너희도 늦었네."

지난주 금요일에도 우린 어김없이 야근을 했다. 밤 11시가 넘어가면 회사를 빠져나가기 전, 미리 콜택시를 부르곤 했는데, 회사에서 10분 거리에 사는 나와 30분 이상이 걸리는 먼 곳에 사는 막내는 항상 마지막까지 택시를 기다렸다.

특히 택시가 잘 잡히지 않는 금요일에는 큰 도로로 나가 직접 잡는 편이 빨랐다. 그럴 때면 텅 빈 거리에 서서 함께 택시를 기다리곤 했는데, 어느 날부턴가 그 동기의 택시가 더 늦게 도착하는 일이 생겼다. 나와 막내보다 더 늦게 가는 일도 빈번해졌다. 의문이 든 나는 "이사 갔어?"라고 물었고, 그는 쑥스럽다는 듯 조그만 목소리로 말했다.

"어차피 난 금방 잡히니까 너희 둘 무사히 탄 게 확인되면 그때 콜택시를 불러. 밤인데 위험하잖아. 그냥 가기 미안하기도 하고."

일에 있어서는 늘 빠릿빠릿하게 움직이는 그가 유일하게 늦장을 부리는 순간이었다.

어렸을 적엔 이 자그마한 행동이 주는 기쁨을 잘 알지 못했다. 겉으로 보이는 배려가 아니면 그다지 눈여겨 보지 않았다. 험한 길에서 손을 잡아 준다거나 인도 쪽으로 자리를 바꿔준다거나 하는 드라마에나 나올 법한 행동에서 반짝임을 찾으려 했지만, 지금의 나는 숨은 배려에 훨씬 더 뭉클, 한 번 더 두근거리게 된다. 수수함 속에 어떤 반짝임을 가진 사람. 그런 사람들에게서 더 짙은 향기가 난다. 버릇처럼 자리한 그 습관이 오늘 나를 한 번 더 웃게 만든다.

"안녕하세요." 반갑게 먼저 인사를 건네주었던 사람. 잠깐의 순간, 문을 꼭 잡고 있어 주었던 사람. 툭, 떨어뜨린 물건을 주워 한 걸음에 달려와 주었던 사람까지. 만약 오늘 하루도 별 탈 없이 무사히, 어쩌면 다른 때보다 조금 더 편안하게 보냈다면 그건 아마 누군가의 반짝임이 있었기 때문일 것이다.

어른이 된다는 것

어릴 적엔 낯설게 느껴졌던 모습들이
눈앞을 스쳐 지나가면서 그제야 보이기 시작했다.
세 남매의 엄마가 아닌, 한 사람이.

"우와, 조카가 벌써 학교 갈 나이가 됐어?"

우리는 깜짝 놀라 물었다. 그 쪼끄맣던 아이가 8살이 되었다니. 표정을 보니 당사자 또한 실감이 나지 않는 모양이었다.

우리 중 가장 먼저 조카를 본 친구는 거의 매일을 붙어 지냈다. 하루하루 커가는 과정을 세세히 들려주었던 터라 마치 우리 모두의 조카 같은 느낌이었다. 친구의 표정 속에서 우린 새 생명이 주는, 말로는 표현 못할 행복감을 간접적으로나마 경험했다.

"최근엔 어떤 일이 있었는지 알아? 형부가 집에 올 때면 언니가 '당신 왔능교' 하면서 나가거든. 근데 지난주엔 형부가 벨을 누르니까 조카가 그 말을 그대로 따라 하면서 현관으로 달려나가는 거 있지. 다 자지러지게 웃었잖아."

엄마, 아빠만 할 줄 알던 조카는 어느새 가족들의 말을 하나둘 따라 하기 시작했다. 항상 현관문을 열 때마다 평소 말버릇을 되돌아보게 된다는 친구는 이제 단어 하나 쓰기도 조심스러운 모양이었다. 그 자그마한 아이가 사소한 말 한마디까지도 금세 따라 하기 때문이었다.

친구의 말을 잠자코 듣고 있던 나는 스무 살, 어느 여름날이 떠올랐다. 대학에 입학하고 처음 맞이한 여름. 매미 울음소리가 방 안까지 생생히 들리던 날이었다.

"여기 누워 봐. 바람이 참 좋다."

느지막이 점심을 먹은 엄마와 나는 거실에 앉아 도란도란 이야기를 나누고 있었다. 소파에 있던 엄마는 아무것도 깔려 있지 않은 바닥에 스르륵 누웠다.

"여기 딱딱하잖아. 방에 있는 이불 갖고 올까?"

내 말에 엄마는 고개를 저으며 "됐다, 여기가 제일 좋다"라며 두 다리를 쭉 뻗었다. 언제부터인지 푹신한 침대보다 아무것도 깔지 않은 딱딱한 바닥에 눕길 좋아하는 것 같았다. 나는 그게 자리를 옮기기 번거로워서인 줄로만 알았다.

"이다음에 엄마가 되면 자연스레 알게 되겠지만, 너희들 키울 땐 말 하나, 행동 하나도 그냥 하질 못했어. 아주 작은 부분이라도 내가 모르는 사이 너희의 버릇이 되진 않을까 전전긍긍했지. 이렇게 바닥에 눕는 것도 어찌나 신경이 쓰이던지. 이건 괜찮나, 저건 괜찮나, 다 따져보면서 늘 바른 모습만 보여줘야겠다 생각했거든. 그래야 너희가 모난 거 없이 잘 자랄 거라고 믿었으니까. 근데 이젠 너희가 다 이해할 나이가 됐잖니? 그게 참 좋아. 엄마도 가끔 이렇게 풀어지고 싶을 때가 있으니 말이야."

엄마의 말대로 내 기억 속에 있는 엄마는 언제나 반듯한 모습이었다. 꼿꼿이 세운 허리와 옅게 머금은 미소, 가지런히 모은 두 손까지. 낯선 이든 가까운 이든 큰 감정 변화 없이 차분하게 이야기를 이어가는 모습이 늘 머릿속에 남아 있었다.

그런 엄마가 전보다 편안해졌다고 느낀 건 우리 세 남매 모두 스무 살이 넘은 시점이었다. 누워서 노래 듣기를 좋아하고, 혼자 산책을 하는 것도, 종일 책 보기도 좋아하는 엄마. 어릴 적엔 낯설게 느껴졌던 모습들이 눈앞을 스쳐 지나가면서 그제야 보이기 시작했다. 세 남매의 엄마가 아닌, 한 사람. 엄마는 오롯이 자신이 된 것 같았다.

우리는 시원한 바닥에 누워 종일 매미 소리를 듣고, 살랑살

랑 여름 바람을 즐겼다. 어느새 잠이 든 엄마의 얼굴엔 웃음이
번져 있었다. 그 모습을 한참 바라보던 나는 내가 조금 더 빨리
어른이 되었더라면 좋았을 걸, 생각했다.

그날 나는 그 어느 때보다 훌쩍 자란 느낌이었다.

링거

그는 처음 보았던 무뚝뚝한 표정 그대로였지만,
그날은 사뭇 다르게 느껴졌다.
따끔한 잔소리가 다정하게 들리기까지 했다.

황금 같은 주말에 이럴 순 없었다. 어젯밤부터 불안하다 싶었던 컨디션이 점점 더 나빠지고 있었다. 따스한 날씨에도 온몸이 바들바들 떨렸고, 누군가가 바늘로 쿡쿡 찌르듯 아팠다. 이번 주말엔 멀리 바람 쐬러 가기로 했는데. 그 약속이 고된 평일을 버티게 했는데. 나는 억울한 마음이 들어 가까스로 몸을 일으켰다. 휴대폰을 들어 그에게 문자를 보냈다.

"체한 건지 몸살인 건지 몸이 욱신욱신해. 병원에 들렀다가 갈게."

나는 답장을 확인하기도 전에 다시 잠들어 버렸다. 눈을 떴을 땐 이미 오후 1시가 넘어가고 있었고, 걱정이 된 그는 결국 집 앞까지 찾아왔다.

　"여기저기 알아봤는데 지금 진료 가능한 병원은 딱 한 군데밖에 없어. 주말이라 일찌감치 문을 닫았나 봐. 갈 수 있겠어?"

　나는 그의 어깨를 붙들고 겨우겨우 일어섰다. 대충 손에 잡히는 옷을 걸쳐 입고 집을 나섰다. 그리 멀지 않은 위치에 있는 병원이었지만, 걷고 또 걸어도 영원히 도착하지 않을 것 같은 느낌이 들었다. 몸은 점점 더 아파왔다.

　병원은 이미 대기자들로 꽉 차 있었다. 오후까지 진료를 보는 곳은 정말 이곳 하나뿐인 모양이었다. 시계를 보니 1시 45분이었고, 점심시간은 2시까지였다. 15분조차 버틸 힘이 없어 바닥에 앉아 엉엉 울고 싶은 심정이었다. 내가 대기자 명단에 이름을 적는 사이 간호사는 체온계를 들었다. 체온을 확인한 간호사는 후다닥 진료실로 뛰어들어갔다. 줄지어 기다리던 사람들이 힐끔힐끔 나를 쳐다봤다. 대기실에 걸려 있는 커다란 화면엔 '응급'이라는 글자가 깜빡였다.

　"장염이네요. 걱정하셨던 노로바이러스는 아닙니다."

얼마 전, 친한 동생이 걸렸던 노로바이러스와 증상이 비슷하여 잔뜩 겁을 먹고 있던 참이었다. 40대 초반 정도로 보이는 의사는 무뚝뚝한 표정으로 배 위쪽과 아래쪽을 차례로 눌러보았다.

"이틀 치 약 지어드릴게요. 오늘 영양제도 꼭 맞고 가셔야 합니다. 주말 동안 좀 더 지켜보고 그래도 나아지지 않는다 싶으면 월요일 오전에 다시 오세요."

나는 영양제를 맞으며 정신없이 2시간을 잤다. 병원을 나올 때쯤엔 며칠을 푹 잔 듯 개운하기까지 했다.

하지만 월요일 아침이 되자 다시 머리가 지끈거리기 시작했다. 집을 나설 때까지도 갈까 말까 고민을 하다 결국 링거 하나를 더 맞고 가기로 했다. 오늘 가지 않으면 내일은 몸져누울 것 같았다. 하루를 통으로 빠지는 것보단 차라리 그게 낫겠다 싶었다.

나는 다시 그 병원을 찾았다. 의사는 주말에 보았던 무뚝뚝한 표정 그대로였다. 나는 마치 큰 잘못을 한 학생처럼 주눅이 들었다.

"오전 중에 링거를 다 맞고 가야 해서요. 1시간밖에 여유가 없을 것 같은데 빨리 맞을 수 있는 게 있다면 그걸로 해주시겠어요?"

아무 말 없이 모니터를 바라보던 의사는 안경을 고쳐 쓰며 되물었다.

"몸이 완전히 회복되신 거 같지 않은데, 가장 간단한 거로 달라는 말씀이신가요?"

내가 고개를 끄덕이자 한숨을 푹 내쉬며 말했다.

"지금 상태론 2시간짜리도 모자라요. 참고로 1시간짜리와 가격은 얼마 차이 안 납니다. 시간이 문제라면 제가 지금 회사에 전화해드릴게요. 환자분 상태가 좋지 않아 제가 그렇게 처방을 내렸다고요. 이건 의사가 아니라 그냥 사람 대 사람으로 말씀드리는 건데, 몸 상하고 나면 일이고 뭐고 다 필요 없습니다. 몸이 먼저예요. 그걸 잊고 사는 분들이 적지 않은 것 같아 말씀드리는 겁니다."

그는 한 글자 한 글자 꾹꾹 눌러 말했다.

"아. 그렇죠. 그러네요."

나는 조그만 목소리로 대답했다. 그는 기다렸다는 듯 간호사를 불렀다.

"가장 안쪽 자리 있죠. 그쪽으로 모셔다드리고, 2시간 동안 아무 생각 않고 푹 주무실 수 있게 옆자리는 비워두세요."

그는 처음 보았던 무뚝뚝한 표정 그대로였지만, 그날은 사뭇 다르게 느껴졌다. 따끔한 잔소리가 다정하게 들리기까지 했다.

"환자분, 1시 됐어요."

낯선 목소리에 눈을 떴다. 여기가 어디지, 비몽사몽 상태로 주위를 둘러봤다. 빵빵하게 차 있던 링거주머니는 어느새 홀쭉해져 있었다. 옆자리가 내내 비어 있어 한 번도 깨지 않고 잔 모양이었다. 휴대폰을 보니 팀장님이 보낸 문자가 남겨져 있었다.

"내부엔 별일 없으니 걱정 말고 다녀와. 몸이 먼저지."

반나절쯤 자리를 비운다고 큰일 날 것은 없었다. 의사선생님 말대로 내 몸이 나빠지는 것보다 더 나쁜 일은 없는 것 같았다.

"하루 이틀 정돈 음식 가려 드시고, 혹 증세가 다시 나빠지면 퇴근하고라도 오세요."

링거를 모두 맞고 처방전을 기다리는 동안에도 나의 몸 상태를 살폈다. 그는 진심을 다해 환자들을 걱정하고 있었다. 퇴근 후, 저녁 늦게 찾아오더라도 그 무뚝뚝한 얼굴로 '2시간이든 3시간이든 링거 다 맞고 가셔야 합니다'라고 똑 부러지게 말할 것 같았다.

"감사합니다." 나는 웃으며 인사를 했다. 약봉투를 챙겨 들고, 회사로 향했다. 가벼워진 몸, 개운한 머리. 한동안은 아플 것 같지 않았다.

누군가의 언니

어쩌면 다시 볼 일 없는 사람들이지만,
그들도 누군가의 아빠, 엄마, 언니라는 것을 떠올려보면
전에 없던 마음의 여유가 생기는 것 같았다.

내내 힘을 주고 있던 탓인지 한쪽 어깨가 욱신거렸다. 승객들은 잠을 청하기 위해 편한 자세로 고쳐 앉았고, 승무원들은 선반 위를 꼼꼼히 살펴보고 있었다. 일찌감치 좌석에 앉았음에도 나는 허리를 빳빳이 세운 채 긴장을 풀지 못했다. 조마조마한 마음에 시선은 발밑의 캐리어를 떠날 줄 몰랐다.

앞좌석을 모두 확인한 한 승무원이 자리에 가까워지자 내내 조용하던 캐리어에서 염려했던 소리가 들려왔다.

"미야, 미야."

"아, 안 돼. 딱 1시간만. 1시간만 참자. 착하지."

캐리어에 대고 속삭이자 옆에 앉은 남자가 호기심 어린 눈으로 바라보았다.

"고양이도 같이 탔나 보네요."

"아, 이번에 서울로 데려가게 돼서요. 죄송해요. 곧 있으면 조용해질 거예요."

내가 난감한 표정으로 대답하자 "저희 집도 키웠었어요"라며 곧바로 옆에 있는 아내에게 말을 걸었다. 그녀 역시 눈을 반짝이며 어떤 종인지 물어왔다. 화장기 하나 없는 아내는 이제 갓 200일을 넘긴 듯한 아기를 꼭 안고 있었다. 친구도 같은 종을 키운다며 반가워했지만, 아기 때문인지 오래 대화를 나누기는 어려웠다. 나는 곤히 잠든 아기의 얼굴을 가만히 들여다보았다. 그 모습을 보고 있자니 잠이 쏟아질 것 같았다.

"이 비행기는 곧 이륙하겠습니다. 안전벨트를 다시 한 번 확인해주세요."

비행기가 활주로를 달리기 시작하자 나는 바닥에 두었던 캐리어를 들어 올렸다. 잔뜩 겁에 질렸는지 내 품에 바짝 몸을 붙였다. 가는 동안 괜찮을지 걱정스러웠다. 그건 옆자리에 앉은 부부도 마찬가지인 것 같았다. 어느새 잠에서 깬 아기는 엄마의 옷깃을 꽉 움켜쥔 채, 커다란 눈을 끔뻑이고 있었다. 낯선 느낌이 불편했는지 부웅 떠오르는 순간, 울음을 터뜨리고 말았다.

둘은 어쩔 줄 몰라 하며 발만 동동 굴렀다.

"가방에서 딸랑이 좀 꺼내봐."

나무로 만든 딸랑이를 열심히 흔들어 보아도 아무런 진전이 없자 그녀는 아기를 안은 채 화장실로 달려갔다. 그 과정을 모두 지켜보고 있자니 주말 내내 보았던 모습이 떠올랐다. 아이를 재우느라 선잠을 자야 했던 우리 언니가 생각나 그녀가 자리로 돌아올 때까지 연신 뒤를 돌아보았다. 놀란 건 좀 진정이 됐나. 혹시 배가 고픈 건 아닐까. 갖가지 보기들이 떠올랐다.

"죄송합니다. 왔다 갔다 해서 불편하시죠."

10분쯤 지나 자리로 돌아온 그녀는 주변 사람들에게 사과의 말을 전했다. 앞자리에 앉은 젊은 여자는 잠에서 깬 게 짜증이 났는지 매서운 표정으로 눈치를 주고 있었다.

"괜찮아요. 신경 쓰지 마세요. 저도 고양이 때문에 내내 깨어 있을 참이었거든요. 편하게 다녀오셔도 돼요."

나는 조금이라도 그녀가 편안해졌으면 하는 마음으로 말했고, 그녀는 고맙다며 자리에 앉았다. 그때, 뒷자리에 있던 아주머니 한 분이 바짝 앞으로 붙어 앉아 아기를 달래주기 시작했다. 고개를 갸우뚱갸우뚱해보기도, 두 눈을 깜빡깜빡해보기도 했다. 그 모습을 본 아기는 그렁그렁 눈물이 고인 눈으로 생긋 웃어 보였다.

"아이고. 착하네. 조금만 참자, 아가. 엄마 힘드니까 네가 조금만 참아줘."

그 모습을 지켜보던 사람들도 슬며시 웃음을 지었다.

비행기가 무사히 착륙하자 승객들은 각자의 짐을 챙겨 공항을 빠져나왔다. 양쪽 어깨에 잔뜩 짐을 든 부부도 안도의 한숨을 내쉬며 지하철을 향해 걷고 있었다. 그들의 여유 없는 발걸음을 보며 아기가 다시 울음을 터뜨리게 되더라도 '그럴 수도 있죠'라며 안심시켜줄 사람을 만나게 된다면 좋겠다고 생각했다.

이따금씩 버스나 지하철을 탈 때면 피곤한 기색이 역력한 아저씨에게, 잔뜩 짐을 든 아주머니에게 자리를 양보해드리며 누군가가 우리 가족들에게도 이런 친절을 베풀길 바라곤 했다. 어쩌면 다시 볼 일 없는 사람들이지만, 그들도 누군가의 아빠, 엄마, 언니라는 것을 떠올려보면 전에 없던 마음의 여유가 생기는 것 같았다.

"아가씨, 가방 무거워 보이는데 이리 줘. 내 딸 같아서 그래. 얼른."

지난주, 무릎 위에 선뜻 내 가방을 놓아주었던 아주머니가
생각났다. 딸 같다는 그 한마디에 이름도 모르는 타인과의 거
리가 순식간에 좁혀짐을 느꼈다.

자그마한 아기를 꼭 안은 누군가의 언니, 누군가의 딸인 그
녀도 집으로 돌아가는 길엔 부디 마음 졸이지 않길 바랐다.

연말을 대하는 자세

나는 작년과는 조금 다른 계획들을 적었다.
내가 완전히 달라져야 할 것들이 아닌 실현 가능한 것들로,
올해보다 조금 더 괜찮은 내가 될 수 있는 소박한 바람들로.

달력의 마지막 장을 넘겼다. 다시 연말이 찾아왔다. 가게 곳곳은 한 해가 끝나가고 있음을 온몸으로 전하고 있었다. 25일이 지나자 '메리 크리스마스'라고 적혀 있던 모든 것들이 온통 '해피 뉴 이어'로 바뀌어 있었다. 흘러가는 시간에 맞춰 내 감정도 빨리빨리 바뀌야 할 것 같았다. 도통 실감이 나지 않는 연말 분위기에 그저 휴일만 손꼽아 기다리고 있었다.

연휴의 아침이 밝았다. 쉴 수 있는 날이 많이 남아 있단 사실만으로 이불의 보들보들한 촉감이 몇 배로 더 포근하게 느껴졌다. 늘어지게 늦잠을 자고, 느지막이 집을 나와 점심을 먹었다.

역삼동에 있는 유명한 대게 요리 전문점에 가볼까 했지만, 결국 30가지 메뉴를 몽땅 꿰고 있는 익숙한 가게에 가기로 했다. 이번에도 우리는 훈제연어와 월남쌈만 두 접시 가득 먹었다.

"쌀국수집에 갈 걸 그랬나."

"아냐, 여러 가지 맛보기엔 여기가 제일 좋잖아."

"하긴. 이건 또 먹어도 맛있다. 그치?"

우리는 저번과 같은 대화를 했다.

두둑이 배를 채우고 근처 쇼핑몰을 한참 돌아다녔다. 다음 주부터 매서운 추위가 계속될 거라는 기사를 본 게 생각나 히트텍 두어 벌을 사기로 했다. 그때, 눈에 띄는 원피스를 발견했다.

"어때? 예쁘지?"

"너 이런 거 많잖아."

"아냐, 이건 파란색이잖아. 달라. 달라."

그는 이미 본 적이 있다는 듯 어리둥절한 표정을 지었다. 사실 나만 알아볼 수 있는 아주 미묘한 차이였다. 또 똑같은 원피스를 사냐는 말에도 아랑곳하지 않고 그 옷을 골랐다. 이번엔 조금이라도 다른 것으로 사보려고 했는데, 나는 그 원피스를 들고 계산대로 향했다. 뭐, 어찌 됐든 새 옷이니까.

쇼핑을 마친 후, 시계를 들여다봤다. 꽤 오래 돌아다닌 것 같 았는데, 아직 다섯 시밖에 되지 않았다. 새해가 되기 전, 미루고 미루던 뿌리염색을 해야겠다 싶었다. 작년 겨울, 오픈 기념 할 인 행사를 한다기에 들렀던 곳이 생각났다.

"딱 1년 만에 오셨네요."

내 이름을 검색해 본 디자이너는 머쓱한 웃음을 지으며 말했 다. 그는 20개가 넘는 다양한 컬러를 보여주며 어떤 것을 원하 는지 물었다. 얼마 전, 회사 동료가 했던 컬러가 생각났지만, 이 내 전체적으로 색감만 맞춰달라고 했다.

"늘 같은 색상으로 하시나 봐요. 고객님 피부색엔 붉은 계열 이 더 잘 어울릴 텐데요."

디자이너는 염색약을 휘휘 저으며 말했다. 전에 갔던 미용 실에서도 같은 말을 들은 적이 있어 잠시 생각에 잠겼지만, 이 번에도 본래 머리색을 약간 밝게 해주는 정도면 될 것 같았다.

염색이 끝난 후, 그는 헤어 끝부분에 컬을 넣어주며 "다음엔 붉은 계열로 꼭 한 번 해보세요. 상술이 아니라 진짜예요." 또 한 번 말했고, 나는 2달 뒤에 다시 오겠다고 했다. 하지만 그때 도 같은 컬러를 고를 게 분명했다.

집으로 돌아온 나는 1년간 쳐다보지도 않은 옷들을 정리하고, 새 옷을 걸었다. 색상이 조금 더 선명해지고, 재질이 조금 더 빳빳해졌을 뿐 큰 차이는 없었다. 연말의 설렘을 빌려 조금은 다른 시도를 해보려고 했는데, 하루를 돌아보니 점심 메뉴와 원피스, 헤어컬러까지. 달라진 건 하나도 없었다. 선택지에 새로운 보기가 있긴 했지만, 결국 익숙한 걸 택했다. 결과를 예측할 수 없는 건 멀리하게 됐다. 나름대로 내게 맞는 것들을 잘 찾아온 게 아닌가 싶기도 했다. 변화를 줘도 괜찮겠지만, 지금 이대로도 나쁘지 않으니까. 이래서 사람은 쉽게 변하지 않는다는 건가 싶었다.

말끔해진 책상에 앉아 억지로 떠밀려 구입한 새 다이어리를 뜯었다. 1월 1일을 물끄러미 바라보던 나는 작년과는 조금 다른 계획들을 적었다. 내가 완전히 달라져야 할 것들이 아닌 실현 가능한 것들로, 대신 어느 면에서든 올해보다 조금 더 괜찮은 내가 될 수 있는 소박한 바람들로 1월을 채웠다. 완전히 바꾸지 않더라도 이렇게 조금씩 조금씩 달라져도 괜찮지 않을까 생각하면서.

누구에게나 그런 날

1판 1쇄 발행 2016년 10월 27일
1판 2쇄 발행 2016년 12월 5일

지은이 손수현

발행인 양원석
편집장 김건희
책임편집 박민희
디자인 RHK 디자인연구소 조윤주, 김미선
본문 사진 손수현, 원유상(인스타그램@wonys_), 황석원
해외저작권 황지현
제작 문태일
영업마케팅 이영인, 양근모, 박민범, 이주형, 장현기, 이선미, 김수연, 신미진

펴낸 곳 ㈜알에이치코리아
주소 서울시 금천구 가산디지털2로 53, 20층(가산동, 한라시그마밸리)
편집문의 02-6443-8859 **구입문의** 02-6443-8838
홈페이지 http://rhk.co.kr
등록 2004년 1월 15일 제2-3726호

ISBN 978-89-255-6036-6 (03810)